GALOCHE

C'EST PARTI, MON FRISBEE !

Catalogage avant publication de Bibliothèque et Archives nationales
du Québec et Bibliothèque et Archives Canada

Brochu, Yvon

Galoche, c'est parti, mon frisbee!

(Galoche; 10)
Pour les jeunes de 8 à 12 ans.

ISBN 978-2-89591-105-0

I. Lemelin, David. II. Titre. III. Collection: Brochu, Yvon. Galoche; 10.

PS8553.R6G3446 2010   jC843'.54   C2010-940102-6
PS9553.R6G3446 2010

Tous droits réservés
Dépôts légaux: 2e trimestre 2010
Bibliothèque nationale du Québec
Bibliothèque nationale du Canada
ISBN 978-2-89591-105-0

© 2010 Les éditions FouLire inc.
4339, rue des Bécassines
Québec (Québec) G1G 1V5
CANADA
Téléphone: (418) 628-4029
Sans frais depuis l'Amérique du Nord: 1 877 628-4029
Télécopie: (418) 628-4801
info@foulire.com

Les éditions FouLire reconnaissent l'aide financière du gouvernement du
Canada par l'entremise du Fonds du livre du Canada pour leurs activités
d'édition.

Elles remercient la Société de développement des entreprises culturelles du
Québec (SODEC) pour son aide à l'édition et à la promotion.

Elles remercient également le Conseil des Arts du Canada de l'aide accordée
à son programme de publication.

Gouvernement du Québec – Programme de crédit d'impôt pour l'édition de
livres – gestion SODEC.

IMPRIMÉ AU CANADA/PRINTED IN CANADA

GALOCHE

C'EST PARTI, MON FRISBEE !

YVON BROCHU

Illustrations
David Lemelin

ÉDITIONS
FouLire

En amour, les humains me semblent avoir
un frisbee à la place du cœur :
ils volent constamment d'un amoureux à l'autre.
Jamais moi, Galoche, je n'aimerai quelqu'un d'autre
autant que ma douce Émilie, foi de... frisbee !
Ha, ha, ha !... Bonne lecture !

N'oublie pas qu'il me fait toujours plaisir
de t'accueillir dans ma cyberniche
www.galoche.ca

UNE FAMILLE DE RÊVE !

Moi, Galoche, je fais de la bicyclette. Oui, oui! Dans le salon, couché sur le dos, j'étire une à une mes pattes et les fais pédaler dans le vide. «Un chien fou!» dirait tout humain en me découvrant dans un tel moment d'intimité. Toi qui me lis, tu crois que je fais de l'exercice parce que j'ai encore mangé trop de crêpes? Pas du tout! C'est qu'il en va de ma vie: je dois retrouver ma forme, mon énergie et, surtout, garder mon équilibre mental car...

LES MELOCHE,
C'EST UNE FAMILLE DE RÊVE
POUR DEVENIR FOU,
MISÈRE À POIL!

Encore ce matin, les Meloche me sont tombés sur la barbichette.

D'abord, Sébastien, le frère d'Émilie, m'a marché sur la queue : sa façon de punir ma Douce, qui accapare trop longtemps la salle de bains. Je n'ai pourtant pas bronché. Fidèle au poste, je suis resté couché près de la porte à attendre la sortie d'Émilie. Monsieur-je-sais-tout a alors mis son pied sur ma patte droite de devant, en laissant échapper un pet tonitruant. Ah! le misérable! Je lui aurais mordu une fesse si je n'étais pas le *booon* chien que je suis!

Quelques minutes plus tard, Éloïse, la sœur aînée, me barrait le chemin alors que je voulais rejoindre Émilie pour le petit-déjeuner.

– Mon p'tit chenapan, où as-tu mis ma sandale ? a-t-elle lancé. Dans une heure, j'ai une répétition et je n'ai pas l'intention de jouer Cléopâtre en talons hauts !... Vite, cours la chercher ! J'espère que tu ne l'as pas trop abîmée.

Bon, d'accord, j'ai un petit penchant naturel pour mâchonner pantoufles, chaussettes et tout ce qui sied au pied humain – mais très occasionnellement, je t'assure ! D'ailleurs, la grande diva m'accusait à tort. Aussi, loin de prendre la *patte* d'escampette, je me suis précipité vers sa penderie.

– Galoche, sors de là tout de suite !

Mon flair légendaire me disait que le précieux butin se trouvait dans ce capharnaüm où la diva empile costumes et accessoires de théâtre, semaine après semaine, sans jamais y faire de rangement. Malgré ses protestations, je me suis acharné jusqu'à trouver, bien enfouie sous cette montagne d'objets bizarres, la célèbre savate manquante, laissant Cléopâtre *gueule* bée...

– Euh... excuse-moi, mon beau.

Mais le *biscuit* sur le sundae, ce matin, ce fut cette épouvantable scène qui suivit, immédiatement après l'épisode de la sandale.

– Émilie et Fabien, s'il vous plaît, pas de nourriture sous la table... a marmonné Marilou de cette voix éteinte et étrange de momie vivante qu'elle a depuis quelque temps. Ça me lève le cœur.

Aussitôt, mes deux meilleurs amis ont vivement retiré les croûtons de pain grillé qu'ils me tendaient – l'un avec miel et l'autre avec caramel –, alors que moi... CLAC!... CLAC!... je mordais la poussière, assis par terre, entre les deux.

– À force de lui donner des cochonneries, a ajouté la triste sous-ministre, il va devenir gros comme un ours.

J'aurais enfermé la maman-momie d'Émilie dans une pyramide!

«Quel dur matin! que je songe, en pédalant comme un fou, alors que mon ventre crie comme une vieille locomotive à court de charbon. Moi, Galoche, à court de petit-déjeuner, je ne pourrai sûrement pas tenir longtemps ce rythme d'enfer!»

– Qu'est-ce que tu fais là, toi, les quatre pattes en l'air? demande soudain la momie, étonnée, dans l'entrée du salon.

Les quatre pédales en l'air, je fige comme un cactus au beau milieu du désert; je me sens brusquement aussi déprimé qu'un chameau dans un rodéo!

« Si on ne peut plus avoir d'intimité, maintenant... » que je pense, en me retournant vite sur le ventre. Puis, je me reprends en *pattes* et fais face à la tyrannique Marilou, de retour prématurément du boulot. Je reste sans *jappe* alors que la maman-momie disparaît dans le corridor sans me hurler de quitter son magnifique tapis de Turquie...

Mes pensées s'entrechoquent. Un vrai labyrinthe. « Que se passe-t-il avec Marilou? » Avant que je ne parvienne à trouver la moindre petite oasis de réponse dans ce désert d'idées qui me brûle la tête, je vois la sous-ministre revenir dans le salon et s'asseoir dans son fauteuil. Ai-je la berlue? Marilou n'a ni dossier ni crayon, elle qui d'habitude passe son temps à rédiger des rapports ministériels ; dans sa main droite, elle tient seulement un verre de vin rouge. «Elle est malade !» Je m'inquiète, en l'observant prendre une petite gorgée de vin, perdue dans ses pensées. Assis, les deux fesses bien serrées sur le tapis, je tente de me faire oublier. «C'est qu'elle a vraiment l'air abattue…»

– Vieille sacoche ! rugit d'un coup la sous-ministre, en sortant de sa torpeur et de ses gonds. Arrête de me regarder avec ton air de chien battu !

Mes babines tombent d'un coup, comme si, sous le choc, je m'étais transformé en saint-bernard.

Pourtant, ma compassion reprend vite le dessus en entendant la mère d'Émilie ajouter, de sa voix retrouvée de momie, basse et maintenant tremblotante, comme si elle se parlait à elle-même :

– C'est pas la fin du monde ce qui m'arrive, après tout...

Je remarque les yeux de Marilou, remplis d'eau. Moi, Galoche, je ne sais plus quoi faire. Malgré nos disputes épiques depuis mon arrivée dans la famille Meloche, j'ai le cœur chaviré. J'aimerais bien, là, tout de suite, ne plus être qu'un gros toutou que caresserait Marilou pour se consoler. W-ouf! Aussi discret qu'une puce, je me glisse près du bras du fauteuil. Assis bien droit à ses côtés, je ne bouge pas d'un poil. Qui sait?...

Soudain, Marilou dépose son verre de vin sur la table, juste derrière ma nuque, et pose doucement la main sur ma tête. Mon cœur fait BOUM!... et la porte fait... BANG! Je sursaute. Je heurte la petite table et fais tomber le verre de vin rouge, qui me dégouline dessus.

– Ah non, c'est pas vrai... déprime encore davantage la sous-ministre, les yeux fixés sur sa coupe renversée.

Je le vois dans le regard de Marilou: l'instant d'un BANG, la porte à peine entrouverte d'un rapprochement entre la mère d'Émilie et moi vient de se refermer d'un coup sec.

« Pourquoi cette manie d'Émilie, aussi, de pénétrer dans la maison comme si chaque fois elle voulait faire sortir la porte de ses gonds? »

– Bonjour, tout le monde! explose ma Douce, en fonçant comme une bombe dans le corridor, suivie de son prince charmant, notre jeune voisin Pierre-Luc. C'est parti, mon frisbee! On s'en va jouer dans la cour!...

Moi, Galoche, tout dégoulinant, je vois rouge...

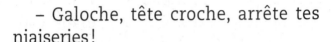

– Galoche, tête croche, arrête tes niaiseries!

C'est au tour d'Émilie de voir rouge... Dans la cour, depuis un bon moment, je m'amuse à intercepter tous les frisbees que ma Douce tente de diriger vers Pierre-Luc. Je n'en laisse passer aucun. Je suis un as, foi de Galoche! En fait, je dois te l'avouer, je suis un «mordu-foumalade» du frisbee. Et c'est peu dire. Je ne peux rester immobile devant un vol de frisbee. C'est plus fort que moi, je tombe en transe et je redeviens calme seulement au moment où je l'ai bien emprisonné entre mes crocs.

Moi, un chien si posé et si réfléchi – comme tu sais –, j'ai un peu honte de le dire: un frisbee dans les airs me fait perdre toute maîtrise de moi. En somme, il s'agit du seul moment où je me sens aussi près de l'humain, le roi de toutes les extravagances.

« Émilie, tête dure, que je réplique en jetant un long regard vers elle, le frisbee coincé dans la gueule, c'est peine perdue: Pierre-Luc, ton amoureux, n'a pas plus de talent au frisbee qu'au soccer[1]. »

Nos yeux se toisent, comme deux sabres. Émilie a bien saisi ma pensée. À preuve, je vois son visage prendre la couleur d'une pomme de tire.

– Toi, Galoche, mêle-toi de tes affaires!

« Ouch! » Ma Douce vient d'extirper le frisbee de ma gueule, mais les paroles de « ma grande amie pour la vie » me font encore plus souffrir. Depuis qu'Émilie et Pierre-Luc

---

1. Dans *Galoche haut les pattes!*, la preuve du peu de talent de Pierre-Luc est clairement établie, foi de Galoche!

sont amoureux, notre belle complicité est souvent ainsi ébranlée.

Pourquoi les humains ont-ils inventé cette chose étrange qu'est l'amour? Ça semble toujours causer bien des problèmes. J'ai même déjà entendu Marilou dire qu'elle « aimait » son travail de sous-ministre, elle qui semble constamment ensevelie sous une montagne de problèmes. Vraiment, il n'y a pas plus compliqué que les « deux pattes » !

– Hé! Émilie?... C'est le marché aux puces de notre rue, demain! fait notre jeune voisin, de toute évidence plus intéressé par son histoire de puces que par le frisbee que ma Douce vient de lancer dans sa direction.

ZZZVVVROUM!

– Galoche, bouge pas! m'ordonne Émilie, avant que je ne m'envole de nouveau.

Pierre-Luc court, lève les bras, saute et... POOOKKK!

Le pauvre reçoit le frisbee en plein front.

– Ouille, ouille, ouille!

– Pierre-Luc, crie ma Douce, ouvre pas les bras si grands: on dirait que tu veux attraper un ballon de plage!

« C'est ce que Fabien appelle avoir les mains pleines de puces... euh... de pouces!» que je ricane en mon for intérieur.

– Concentre-toi sur le frisbee, puis oublie les puces: ma mère déteste ça autant que ton père. Jamais on ne pourra participer à l'événement, je te l'ai déjà dit.

Moi, Galoche, j'ai soudain des puces dans les jambes, des poux dans les narines, des abeilles dans les oreilles: notre jeune voisin s'apprête à lancer le frisbee!

– Vas-y d'un coup sec! ordonne Émilie, avec sa voix de petit général. Lance-le vers moi!

Pierre-Luc plie le bras. J'ai la fourrure frémissante, de la tête au bout de ma queue. Je suis prêt à bondir comme un fauve sur sa proie – je te le dis, c'est presque maladif chez moi, cette attirance pour le frisbee. Au moment où notre jeune voisin projette son avant-bras vers l'avant avec puissance... ZZZVVVROUM!... me voilà dans les airs, mais pédalant dans le vide comme un bel idiot.

– Tout doux, mon beau! fait la voix grave du grand-gros-barbu de père d'Émilie, qui me soulève. Ha, ha, ha! Je t'ai bien eu, hein?

Impuissants, lui et moi voyons soudain l'engin volant passer bien au-dessus des mains d'Émilie, malgré un superbe saut de sa part, et se diriger droit vers notre voisin, le père de Pierre-

Luc, qui vient d'apparaître derrière la haie de cèdres.

– Oh, oh! lance Fabien, devinant, tout comme moi, la catastrophe imminente et me laissant tomber au sol comme une vulgaire poche de patates. ATTENTION, HENRI-P...

Trop tard! POOOOK!

– OOOUCH!

C'est au tour d'Henri-Paul de voir rouge...

Debout derrière la haie qui sépare nos deux maisons, le ministre du Transport reçoit le frisbee droit sur son nez, qui commence à saigner.

– Oh, Henri-Paul! s'exclame Fabien, courant à la rescousse de notre voisin.

À ma grande stupéfaction, je vois Fabien sauter par-dessus les cèdres à la manière d'un coureur du 100 mètres haies... à la retraite! Catastrophe! Le pauvre s'accroche les pieds dans les cèdres, pique du nez de l'autre côté et disparaît comme par enchantement. À son tour, le père de Pierre-Luc se penche pour aider le père d'Émilie. Puis, derrière le rideau de cèdres, Émilie, son petit ami et moi voyons surgir deux têtes... de clown, avec leur nez rouge et leur air piteux.

– Tout ça, c'est ta faute, Galoche!
m'accuse haut et fort ma Douce, en me
pointant du doigt. À force d'attraper
le frisbee, on s'est mis à le lancer plus
haut. Et... regarde ce qui est arrivé!

Moi, Galoche, de nouveau, je vois
rouge...

– Pas vrai, Pierre-Luc?

– Euh... oui, oui, sûrement.

C'en est trop: ma patience de trop
booon chien déborde!

Tandis que les deux pères-clowns
vont soigner leur nez, vexé, je fonce vers
le bas de la haie, je récupère le frisbee
laissé par terre et, tous poils dehors, je
me sauve.

– Galoche, mon frisbee! intervient
ma Douce. Reviens ici tout de suite!

Il ne faut pas me prendre pour un
clown, misère à poil!

– Oh! quel beau frisbee!...

Partout où je vais, dans le quartier, un jeune me tombe dessus et tente de me voler mon frisbee.

«Galoche, c'est le temps de prendre ton courage à quatre pattes!»

Exténué d'avoir à protéger le frisbee d'Émilie, je décide de rentrer à la maison. Comment crois-tu que je me sens? Oui, un peu humilié, mais surtout très peiné de ne plus reconnaître en Émilie la douce amie dont j'étais le premier confident. Je ne suis pas égoïste ni stupide : je comprends que ma Douce aime Pierre-Luc. Tout ce que je demande, c'est qu'elle me consacre un peu plus de temps, qu'elle me témoigne un peu plus d'affection...

«Mais où sont-ils donc tous passés?» Je traverse la cour, fin prêt à subir les remontrances de tout un chacun.

Soudain, des bruits venant du cabanon attirent mon attention. Je m'approche. La porte est légèrement entrebâillée. J'y glisse mon museau et jette un coup d'œil. Quelle n'est pas ma surprise d'y voir toute la famille réunie, à l'exception de Marilou!

– Émilie, laisse faire Galoche, il va revenir, comme d'habitude. J'ai quelque chose d'important à vous dire...

– Oui, mais p'pa, il peut se faire frapper, se faire voler...

J'ai soudain le cœur volant de bonheur comme un frisbee. «Ma Douce m'aime encore. Elle s'inquiète pour moi!»

– Émilie, qu'est-ce que t'as à t'énerver de même? intervient Sébastien. T'es toujours en train de le disputer, ton chien, ces temps-ci!

– Mais... qu'est-ce qui gratte sur la porte? demande Fabien, impatient.

« C'est moi ! » que je jubile, faisant mon entrée.

– Ah, enfin, tu es là !... T'es un beau rigolo, toi ! s'exclame durement mon Émilie. Où étais-tu passé ?

J'en reste les babines tombantes : il y a quelques secondes, Émilie s'inquiétait, et là, elle accueille mon retour sur un ton qui a de quoi m'inquiéter... Décidément, jamais je ne comprendrai les humains !

Fabien me tire de mes réflexions en disant :

– Vite, Galoche, entre ! Ça te concerne aussi, ce conseil de famille.

Je bondis comme une balle. Émilie ferme la porte derrière moi. Je n'ai aucune idée de ce que peut signifier un « conseil de famille », mais cela me fait un petit velours d'y participer.

– Bon, allons droit au but! commence le père d'Émilie, avec un air triste de gros clown, le nez encore tout rouge. Vous avez sans doute remarqué que votre mère n'est pas dans son assiette...

Heureusement que je connais bien les expressions de Fabien et que je ne m'imagine pas Marilou dans une assiette! Par contre, je trouve un peu «plate» cette image pour dire que la mère d'Émilie est angoissée, triste et souvent dans la lune...

– Imaginez, poursuit le père d'Émilie, au ministère, ils ont mis Marilou sur une tablette.

Alors là, moi, Galoche, j'en perds mon langage humain! Marilou, sur une tablette?... Je donne ma langue à Victor[2]! Cette expression m'est encore

---

2. Victor est le chat de l'oncle Ricardo que tu retrouves dans plusieurs de mes romans (et qui sait, peut-être dans celui que tu es en train de lire?...) et il me donne toujours beaucoup de poils à retordre, foi de Galoche!

inconnue. Je saisis sa signification en écoutant Fabien poursuivre :

– Elle n'a plus de dossiers au ministère. Elle travaille… sans travailler. C'est encore pire que d'avoir été remerciée de ses services. En fait, Marilou se cherche désespérément un autre emploi de sous-ministre. Mais, malgré tous ses efforts jusqu'à présent, rien n'a fonctionné… dit le grand-gros-barbu de père d'Émilie, qui ajoute, d'une voix un peu chevrotante : J'ai peur qu'elle en vienne à faire une dépression.

W-ouf ! Quel silence lourd !

Émilie me caresse le dos tendrement et demande :

– Qu'est-ce qu'on peut faire, p'pa ?

– Ouais ! On peut pas lui trouver un emploi ! intervient stupidement Sébastien.

– Imbécile ! se fâche Éloïse. C'est pas ce que Fabien nous demande, non plus !

Avant que le conseil de famille ne dégénère en conseil de guerre – avec les Meloche, tout est possible! –, Fabien nous fait part de ses attentes. Elles consistent principalement à distraire Marilou.

– J'ai besoin de vous, les enfants, pour penser à des projets concrets! s'emballe le dévoué mari de la sous-ministre sur tablette. Il nous faut des activités nouvelles, qui vont lui changer les idées. Vous comprenez? Pour qu'elle cesse de ne penser qu'à sa recherche d'emploi. Et ça presse!

– Un tour de montgolfière? suggère Monsieur-je-sais-tout.

– Eh que t'es plate! rugit mon Émilie. Tu sais bien que maman a le vertige.

– Mais elle n'aime rien d'autre que ses rapports, réplique Sébastien.

– On va lui faire aimer autre chose, propose le père d'Émilie.

– Monsieur Meloche? fait Pierre-Luc, le doigt levé.

– T'es pas dans une maternelle! se moque Monsieur-je-sais-tout.

– Oui, Pierre-Luc! T'as une idée?

– Oui. Euh... les puces!

«Ah non, il ne va pas recommencer avec ses puces? S'il y a un sujet qui me démange, c'est bien celui-là, misère à poil!» que je songe, prêt à piquer une colère, jusqu'à ce que je comprenne que demain, samedi, les gens de notre rue organisent des ventes de garage, comme s'il s'agissait d'un grand marché aux puces...

Après quelques discussions, Fabien semble convaincu.

– Mais papa, ose argumenter avec délicatesse la grande diva, maman déteste les puces!

– Elle est tellement snob! renchérit Sébastien, toujours aussi délicat, dans son cas.

– Comme mon père! confie Pierre-Luc, à qui Émilie adresse aussitôt une grimace.

Fabien conclut, très enthousiaste:

– C'est bon! C'est du concret! Il y aura plein de monde! Ça lui fera oublier tout le reste. J'embarque.

– Génial! font en chœur les tourtereaux, à mes côtés.

– Wouf! que je lance en guise d'appui.

– Ne vous en faites pas, je vais convaincre votre mère: elle va participer aux puces demain. Vous allez voir ce que vous allez voir!

Reléguant à plus tard les autres projets, et nous invitant tous à contribuer pour faire de l'événement un succès, Fabien nous quitte en coup de vent.

Moi, Galoche, je suis ému de constater que chez les humains, même chez les Meloche, il peut exister une si belle solidarité.

Et, comme il fallait s'y attendre, le premier geste de collaboration vient de Monsieur-je-sais-tout:

– Comptez pas sur moi pour vendre mes têtards, mes grenouilles et mes couleuvres: j'en ai besoin pour mes expériences scientifiques. Pas touche!

Mais il en faut bien davantage pour ébranler les tourtereaux, décidés à organiser la plus belle vente de garage de toute la rue.

– Galoche, lance Émilie, tout excitée, on va avoir besoin de toi, ce soir!

Quelle satisfaction! Je me sens tout à coup encore aussi indispensable que lorsque Pierre-Luc n'était pas le petit ami de mon Émilie. Et quelle fierté d'être aussi rapidement mis à contribution!

En début de soirée, je songe: «Quel naïf j'ai été!» La honte au cœur, je me promène dans les rues du quartier non plus avec un frisbee dans la gueule, mais avec une pancarte autour du cou, annonçant que la vente de garage la plus spectaculaire se tiendra chez les Meloche, le lendemain matin. Pierre-Luc m'accompagne… en homme-sandwich.

VENTE DE
GARAGE
SPECTACULAIRE
CHEZ LES MELOCHE
DEMAIN MATIN

Deux vrais clowns!

Plus tard dans la soirée, au retour de ma tournée promotionnelle, moi, Galoche, je suis témoin d'un plus grand numéro de clown que le nôtre!

– Couche, mon pitou! Couche-toi!

Le museau glissé derrière la porte entrebâillée de la chambre des parents, complètement abasourdi, j'observe Marilou en train d'exécuter des sauts de trampoline sur son lit, alors que Fabien, bienveillant, veille à sa sécurité.

– Je vais être la reine des puces! Ha, ha, ha! Une puce à vendre! Deux puces, trois puces, alouette!...

Marilou rit aux éclats.

– C'est ça, pitou: laisse aller ton côté fou! Mais fais attention de ne pas tomber.

– Je vais faire un boucan... euh... un encan! Je vais offrir mes rapports mini...

minisr…ministériels. Qu'est-ce que t'en dis, minou? Une vraie richesse! On va faire fortune avec tes puces, mon pit!

Marilou me semble… pompette. Elle a dû boire un peu trop de vin rouge, comme certains invités l'ont fait à Noël. Pourtant, c'est la première fois que je vois la mère d'Émilie dans cet état euphorique, elle, si raisonnée, si prudente, si disciplinée.

– On va inviter tout mon ministère… PLEIN DE PUCES! Ha, ha, ha!

– Pitou, pitou, couche-toi, là…

La sous-ministre cesse de sauter et prend la tête de Fabien entre ses deux mains.

– Tu sais que je t'aime, toi, mon gros nounours!… Abracadabra!…

Marilou agrippe un bouquet de fleurs sur la table de chevet, le sort brusquement de son pot d'eau et le flanque droit dans le visage barbu de son mari, renversant au passage une coupe de vin sur le tapis, près du lit.

– C'est pour toi!

J'en ai les yeux sortis des orbites. Vite, je pousse la porte à l'aide de mon museau. Elle s'ouvre davantage. Je me cache dans le corridor. Comme prévu, Fabien s'empresse de la refermer. W-ouf! Je me sens rassuré. Je ne souhaite pas que les enfants voient ça, surtout mon Émilie. Tous les numéros de clown, aussi rigolos soient-ils, sont d'une grande tristesse – et j'en ai vu beaucoup à la télévision avec Émilie, plus petite.

Je me dois d'être à la hauteur de ma réputation de *booon* chien, après tout...

UNE VENTE DE RÊVE !

Notre vente de garage fut marquée de 12 temps forts, que je ne suis pas près d'oublier !

**Premier temps fort
5 h 30**

– Remue-toi les puces, Galoche ! Debout ! Debout...

Un rayon de soleil m'aveugle alors que j'ouvre l'œil droit, sous l'insistance du «rayon de soleil» de ma vie, Émilie...

– Les bons acheteurs des ventes de garage, les vrais mordus des puces, arrivent vers 6 h 30, c'est bien connu.

Oui, mais moi, Galoche – et ça, ce n'est peut-être pas assez connu –, je dors aussi dur qu'une porte de garage jusqu'à 7 heures.

– Pierre-Luc doit déjà nous attendre dehors, avec des brioches à la cannelle...

Étant d'une nature plutôt gourmande – ça, c'est bien connu –, il n'en faut pas davantage pour rendre soudainement mon sommeil aussi léger que la porte d'une horloge-coucou.

« Coucou, c'est moi ! » Me voilà sur quatre pattes, devant la penderie. J'entends le mot « cannelle » et mes yeux prennent la forme de brioches – j'adore la cannelle !

– Tiens, t'es debout, toi ? me lance Émilie, avec un petit sourire narquois. Galoche, t'es un vrai chien... de puces ! On descend !

Je n'ai pas beaucoup apprécié son « chien de puces », mais je fais fi de cette petite moquerie et je fonce… vers les brioches à la cannelle.

«Génial!» Comme prévu, notre bon ami Pierre-Luc est au poste. «Ah! la fidélité! Voilà une des belles qualités de notre jeune voisin, qualité si rare chez les humains…» que je me dis, les yeux braqués sur le sac que ce dernier tient dans ses mains.

– J'ai apporté les barres de noix et de raisins secs, comme tu me l'as demandé, Émilie.

Le chien de puces tourne la tête vers sa Douce, dont le haussement d'épaules et l'air innocent lui font comprendre qu'il s'est fait berner. Émilie sent tout de même le besoin d'ajouter, avec toujours son petit sourire:

– C'est pour ta santé, Galoche!

«J'aurais bien dû m'en douter, que je me reproche, il n'y a pas plus taquine et rusée que mon Émilie… C'EST BIEN CONNU!»

Deuxième temps fort
6 heures

Notre parterre commence à être jonché de centaines d'objets de tous genres. Émilie s'approche de moi.

– J'ai une mission à te confier, mon beau.

Je fais un peu la gueule, ayant encore à ma mémoire son entourloupette pour me faire descendre.

– Une mission qui devrait bien te plaire, foi d'Émilie !

Mes poils se hérissent... de scepticisme.

– Faut vite aller réveiller la maisonnée, Galoche ! On a besoin d'aide. Pierre-Luc et moi, on compte sur toi pour nous les amener en moins de cinq minutes.

J'ouvre grands les yeux.

– Et tous les *japbes* sont permis ! conclut ma Douce, avec un petit sourire malicieux.

Il n'en faut pas plus pour réveiller mes instincts refoulés de chien coquin et mes dons innés de chien chasseur d'humains enfouis sous les couvertures de leur lit douillet.

– Waaf! Waaf! Waaf!

Moins d'une centaine de jappements, de gros mots et de vols de couvertures plus tard, Éloïse et Sébastien, tout habillés, les yeux encore en trous de sucette, s'amènent au pas de tortue pour aider les tourtereaux. Quant à Fabien et Marilou, je n'ai pas osé les tirer de leur... trampoline, surtout après le numéro grandiose de la veille auquel j'ai assisté.

– Waaf! Waaf! Waaf!...

– Hé! la vadrouille! Arrête de te prendre pour Rintintin!... me lance Monsieur-je-sais-tout, qui baye aux corneilles.

– Éloïse, Sébas, lance Émilie, grouillez-vous un peu! Les tables, c'est pas pour demain!

Notre tout premier client se présente alors que notre installation n'est pas encore tout à fait terminée.

– Cinq piastres! s'exclame ma Douce, toute radieuse de sa première vente.

– Oh, minute! crie Éloïse, soudain folle de rage, lâchant d'un coup la table qu'elle transportait avec son frère. C'est mon masque africain que ton client tient dans ses mains?

– OUCHE! hurle Monsieur-je-sais-tout, à l'autre bout, la patte de la table lui ayant écrasé le pied.

Je vois la grande diva se précipiter vers la camionnette du monsieur, qui démarre.

– Attendez! Pas question de partir avec mon masque...

Un VROUM! enterre la voix d'Éloïse, qui s'immobilise sur le trottoir.

– T'es folle ou quoi, Éloïse ? s'insurge Sébastien, dansant sur une jambe. On lâche pas une table comme ça ! J'ai sûrement l'orteil cassé.

Ce n'est pas moi, Galoche, ni personne d'ailleurs, qui va s'émouvoir : un maringouin le pique et Monsieur-je-sais-tout se plaint comme s'il avait été piqué par un serpent venimeux.

– Ça ne va pas, Émilie ? ! gronde Éloïse, s'avançant vers ma Douce sans s'occuper de son frère. Ce masque valait une fortune. Il avait une grande valeur sentimentale pour moi !

– Je ne pouvais pas savoir : il traînait au sous-sol, se justifie Émilie.

– Il était plein de poussière, renchérit Pierre-Luc.

– Toi, le voisin, ne te mêle pas de ça !

– Éloïse, poursuit Sébastien en se tordant de douleur, t'es complètement cinglée !

Quel n'est pas mon étonnement, et ma crainte, quand je vois Fabien surgir de la maison en plein tumulte *melochien*!

– Ah! fait le père d'Émilie, en ouvrant grands les bras d'admiration devant le spectacle. Tout est déjà en place!... Les enfants, vous êtes formidables!

Les enfants Meloche restent sans voix devant un Fabien qui a la larme à l'œil. Foi de Galoche, on pourrait entendre... marcher une puce!

Quatrième temps fort
7 h 50

POUT! POUT!...

POUT! POUT!...

Je n'en crois pas mes yeux ni mes oreilles. Avec sa compagne Maria et son fatigant de chat Victor, voilà l'oncle Ricardo qui arrive en klaxonnant, la boîte de son camion remplie à craquer.

– Ma puce, lance Ricardo, tout fier, à mon Émilie, tu vas être contente de nous : on a même apporté quelques-unes de nos œuvres.

– Tu vois, ajoute la gentille amie du gros-grand-barbu de frère de Fabien, avec son bel accent chantant, on a répondu à ton appel.

– On va faire la plus belle vente de garage de la rue ! s'enthousiasme ma Douce, folle de joie.

Fabien, qui ne semble pas plus au courant que moi de la démarche d'Émilie auprès de Ricardo, s'empresse d'aller serrer ce dernier dans ses bras, tout ému. Et, bedaine contre bedaine, un instant plus tard, les deux frères pouffent de rire en se donnant mutuellement de grosses tapes d'amitié dans le dos.

Un spectacle touchant, inoubliable! Si je n'étais pas un chien – et si Victor n'était pas dans le décor –, je crois que je pleurerais...

– C'est bien beau tout ça, mais où est-ce qu'elle est, Marilou? lance Sébastien, dont la demande tombe comme un pavé dans une mare de pur bonheur.

Cinquième temps fort
8 h 40

Depuis un moment, je surveille Fabien et Ricardo. Les deux frères se sont retranchés près du mur de la maison et discutent à mots couverts... Mais moi, curieux Galoche, je n'ai pas de longues oreilles pour rien! Je réussis à saisir quelques mots de leur conversation qui m'intriguent au plus haut point: «opportunité... soleil... château...». Pourtant, au moment où je m'apprête à faire quelques empattées pour comprendre vraiment ce qu'ils trament, des bruits de verre me font sursauter. Je m'arrête. Éloïse et Émilie installent un coin «Rafraîchissements gratuits» au centre d'un îlot où on retrouve plein de vieux jouets d'enfants. Je vois les deux complices, Fabien et Ricardo, se serrer la patte comme s'ils venaient de conclure une grosse affaire et s'amener en trombe vers Émilie.

– Tu vois, mon oncle, explique ma Douce, avec ces jus et ce coin pour enfants, on va attirer beaucoup de jeunes.

– Et plein de jeunes veut dire plus de parents!

– Et plus de ventes! conclut mon Émilie, radieuse.

–Tu as vraiment la bosse des affaires!

Et, comme prévu, au fur et à mesure que les nombreuses familles du quartier terminent leur petit-déjeuner, notre parterre est envahi d'enfants.

«Vraiment, mon Émilie est un petit génie!» que je me répète, jusqu'au moment où cette très jeune femme d'affaires en herbe vient personnellement m'expliquer le clou de sa stratégie.

– Galoche, c'est toi, mon clou!... me confie-t-elle, en me passant au cou une grosse boucle rouge.

Deux secondes plus tard, alors qu'elle me dépose au milieu d'un attroupement d'enfants, dans son fameux îlot stratégique, ses paroles me font l'effet d'un bon coup de marteau sur la tête.

– Regardez ce que je vous amène: le plus beau toutou au monde! Il s'appelle Galoche... et il adore jouer avec les enfants!

Une pluie de jolies petites mains me tombe dessus: certaines noircies de terre, de chocolat et de crayons-feutres; d'autres collées de jujubes vert-rouge-jaune, de bonbons de toutes sortes ou, bien entendu, du délicieux jus préparé par Éloïse et mon Émilie. Mais les pires mains restaient à venir : celles d'un petit ange aux bouclettes blondes qui a l'idée géniale de m'enfoncer dans la vieille poussette d'Émilie.

«Quelle trouvaille formidable d'Émilie, cet îlot pour enfants!» que je grogne jusqu'au plus profond de mes entrailles.

Sixième, septième et huitième temps forts
8 h 50
8 h 51
8 h 52

Toujours incapable de sortir de cette poussette de malheur, je reçois sur la tête :

- un coup de Badoul, le vieil ourson de peluche d'Émilie ;
- un coup de Vroum-Vroum, le camion de pompiers tout rouillé de Sébastien ;

- un coup de Pinocchio, la marionnette de bois tant aimée d'Éloïse durant son enfance.

Et tout ça sous le regard amusé de Victor, dont je devine la dernière pensée, juste avant de me quitter: «Tu vas finir, toi aussi, par avoir la bosse des affaires, mon beau Galoche. Bonne chance dans toutes tes entreprises, mon vieux! Miaow!»

Ah! quel chat retors, ce Victor!

Neuvième temps fort
9 h 27

W-ouf! À force de me contorsionner, je me libère enfin de la poussette et, en *catiminou*, je me glisse sous le drap blanc de la table où trônent les sculptures de Ricardo ainsi que les peintures de Maria.

«Pas de danger de voir des enfants traîner par ici!» que je m'encourage, en soufflant un peu. Les «Six piastres! Dix dollars! Cinquante sous!» ne cessent de fuser là-haut. Je commence à peine à récupérer quand je sursaute soudain.

– Coucou! fait Sébastien, m'ayant repéré. Qu'est-ce qu'il fait sous la table, le beau toutou, hein?

Les yeux de Monsieur-je-sais-tout brillent de tous leurs feux, ce qui annonce que je vais passer un mauvais quart d'heure, foi de Galoche!

Dixième et plus fort temps fort
9h55

Sébastien donne maintenant un spectacle solo, et gratuit, pour les enfants. C'est moi le héros: dans une vieille cuvette d'eau savonneuse, il me donne un bain... public! Le genre de célébrité dont je me serais bien passé, tu l'auras compris! Et, bien entendu, Monsieur-je-sais-tout, entouré d'enfants ravis, n'y va pas avec le dos de la brosse pour me savonner.

– Faut frotter fort! Faut faire tomber toutes les pu-puces de notre beau toutou!

«Je vais mourir électrocuté!» que je me décourage. Chaque coup de brosse décolle une touffe de poils, provoquant en moi comme un choc électrique.

Soudain, mon bourreau se transforme en statue, le bras figé dans les airs, la bouche grande ouverte comme une porte de garage. Je suis les yeux de Sébastien. Tout aussi estomaqué que lui, j'observe Marilou sortant de la maison. Tous les regards sont braqués sur elle: il y a de quoi! La mère d'Émilie est habillée comme si elle participait à un défilé de mode; elle porte un large et magnifique chapeau couleur saumon, une superbe robe et des lunettes fumées. Je suis renversé de la voir aussi de bonne humeur et en forme après son fameux ballet de trampoline d'hier soir...

Moi, Galoche, j'en profite pour m'extraire de cette cuvette et aller me cacher plus loin, entre des piles de vieux disques et de livres. Mon attention retourne vite vers la mère d'Émilie, qui fait sensation !

– Bonjour à tous ! lance-t-elle, en faisant quelques pas vers les tables, juchée sur ses souliers à talons hauts. Je vous souhaite la bienvenue.

« La reine des puces ! » que je songe. Sa beauté, son raffinement et son étrangeté semblent exercer une fascination sur les clients de notre vente de garage, qui ne parlent ni ne bougent... d'une puce.

Puis, peu à peu, la vente de garage reprend son cours, le spectacle du bain public en moins, heureusement !

Je suis vraiment épaté par l'ex-sous-ministre. Elle est maintenant au centre d'un petit rassemblement et, contre toute attente, loin de jouer la dame hautaine, la reine des puces sourit et communique gaiement avec tous. Soudain, quelle n'est pas ma surprise de remarquer, tout près de Marilou, un nez tout rouge : même notre voisin Henri-Paul, le père de Pierre-Luc, le ministre du Transport, semble être tombé sous son charme. « Moi, Galoche, j'ai bel et bien perdu mon titre de clou de la journée... »

– Ah ! te voilà, mon beau toutou...

« Ah non, pas encore ce petit diable ! » IVG ![3]

La fourrure toute mouillée et savonneuse, je trouve un moyen de ne pas retomber en enfer à cause de cet ange aux bouclettes d'or : je me secoue frénétiquement les puces. Une tempête d'eau et de savon s'abat sur ce dernier, qui me lâche aussitôt. Je déguerpis, sous les pleurs et cris de l'enfant.

---

3. Improvise vite, Galoche !

– Papa, papa!... Ouin! Ouin!... Mes yeux piquent!...

«Quel cirque, ce marché aux puces!...»

Marilou semble avoir des puces dans les jambes. Si je continue à la suivre des yeux comme je le fais, je vais avoir un torticolis!

– Papa? Maman vend tout pour des *peanuts*! se plaint soudain Émilie, à mes côtés.

– Pas grave, ma chouette, fait Fabien, qui nage encore dans le bonheur. Laisse-la faire. Elle semble bien s'amuser. C'est ce qui compte, non?

Moi, Galoche, je trouve que le père d'Émilie a tout à fait raison... jusqu'au moment où j'aperçois la reine des puces sortant de la maison, mon panier dans les mains.

«Oh, oh! Elle n'a pas les idées plus claires qu'hier soir, la Marilou!»

Je fonce vers elle et freine brusquement devant un homme tenant par la main un petit ange, qui ne m'est pas inconnu et qui ne me semble pas venir du paradis...

– Combien? demande le papa.

– Cinquante sous! répond Marilou, qui sort d'un sac une laisse et des jouets dont je ne me sers jamais, mais qui sont ma propriété, ou plutôt celle d'Émilie.

«Elle est vraiment malade! Elle ne sait plus ce qu'elle fait, la pauvre!»

– Wouf!

Je lance un jappement de détresse pour aviser ma Douce de la situation.

– Cinquante sous pour tout? s'étonne le gros homme bedonnant.

Je crains le pire en apercevant le grand sourire du petit ange, à ses côtés, qui me fixe drôlement.

– Pour tout! lui confirme la reine des puces.

– Maman, qu'est-ce que tu...

– Émilie, reste en dehors de ça! fait Marilou. Je négocie avec monsieur.

– Vous êtes bien certaine? insiste l'acheteur.

– Certaine!

– Bon, d'accord: on achète!

Le papa remet tout de go 50 cents à la reine des puces. Puis, se tournant vers son fiston, il dit:

– J'apporte les accessoires, et toi, Hugo, tu amènes le toutou.

«Aooouh!!!» que je hurle en mon for intérieur, paniqué comme jamais.

– PAPA? hurle à son tour ma douce Émilie, elle aussi paniquée comme jamais. Maman a vendu Galoche!!!

Douzième et dernier temps fort
16 heures

Terminées, les puces !

Tout est remisé... y compris moi, Galoche.

Après l'accrochage entre Marilou et Fabien à propos de MA vente, la reine des puces nous a fait faux bond. Si bien que j'ai encore des remords d'avoir été au cœur de cette controverse. W-ouf !

Quelle expérience traumatisante, ces puces!

Mais une expérience encore plus angoissante m'attendait...

– Merci pour tout, les enfants! dit Fabien, un trémolo dans la voix.

Ce dernier nous a de nouveau réunis dans le cabanon pour un autre conseil de famille.

– Bravo pour les 275$!

– Sans maman, intervient Sébastien, on aurait fait le double!

– Eh que t'es pas brillant! rage Éloïse.

– Bon, d'accord, on sait tous que notre projet n'a pas bien fonctionné pour votre mère. Malgré un bon départ... marmonne Fabien, comme s'il se parlait à lui-même. Mais c'était tout de même une belle initiative.

«Oh oui! J'ai failli être décapité, puis vendu...» que je songe, un peu ironique.

Brusquement, nous voyons le père d'Émilie retrouver le sourire, à notre grand étonnement.

– Comme vous savez, enchaîne-t-il, la semaine prochaine, c'est le début des vacances. Et... pour aider votre mère, j'ai eu une idée géniale pendant la vente de garage.

Les regards se croisent, s'entrecroisent et se mettent à scruter tous les recoins du cabanon. Bref, disons que je sens un certain malaise s'installer. Ce qui n'affecte en rien l'enthousiasme du grand-gros-barbu de père d'Émilie.

– Une occasion en or s'est présentée à moi! Et... j'ai sauté dessus! lance Fabien en sautant dans les airs.

Le plancher tremble sous nos pieds alors que la tension monte dans le cabanon.

– Nous partons pour la... FLORIDE!

On dirait qu'Éloïse, Sébastien, Émilie et Pierre-Luc viennent de recevoir une douche froide sur la tête : ils restent de glace. Moi, Galoche, je lance un petit « Wouf » joyeux... pour détendre l'atmosphère.

Fabien poursuit, imperturbable dans son optimisme :

– Avec les 275 $ ramassés aujourd'hui, on va gâter Marilou.

Il n'y a pas sur terre plus grand cœur que le grand-gros-barbu de père d'Émilie ! Mais... comme organisateur de voyage, quelques doutes persistent dans ma supercaboche, foi de Galoche ! Car il faut te dire que, jusqu'ici, les voyages avec les Meloche ont été du genre « aventure extrême »...

UN VOYAGE DE RÊVE !

– Vive la Floride ! lance Fabien en s'installant au volant de la niche familiale roulante, qui croule sous le poids des bagages.

«Vive la Floride !» que je répète en pensée, derrière lui. Le père d'Émilie a confondu tous les sceptiques, moi le premier.

– Vous êtes prêts ?

– Oui ! répondent en chœur, et avec enthousiasme, Émilie, Pierre-Luc, Sébastien et Marilou elle-même.

– Wouf ! que je fais gaiement pour bien montrer que je suis des leurs et tout aussi content qu'eux de vivre l'expérience.

– C'est parti, mon kiki! déclare notre conducteur.

Et… VROUMMM!… nous voilà en route vers la grande aventure!

Oui, vive Fabien!

Depuis son annonce du voyage et son saut mémorable dans le cabanon, je me considère un peu sot d'avoir seulement douté un instant de ses capacités à nous organiser un voyage de rêve. Oh oui: vive le grand génie de Fabien!

Imagine…

Comme par magie... Marilou est ravie de partir!

La mère d'Émilie semble avoir repris du poil de l'*humain*: depuis une semaine, plus de crises de larmes ni de séances de trampoline – du moins, à ma connaissance. Et quelques «Vieille sacoche!» à mon endroit me font dire qu'elle va mieux, bien qu'elle demeure encore imprévisible. Contre toute attente, l'idée du voyage en Floride semble lui plaire...

Comme par magie... Monsieur-je-sais-tout se montre coopératif!

Sébastien a même aidé Fabien à transporter les valises et à remplir le coffre. Bon, il a tout de même rouspété lorsque le père d'Émilie lui a appris que je faisais partie du voyage.

– Pas encore un voyage avec cette vadrouille à poils! a-t-il lancé.

Mais, dans l'ensemble, ces derniers jours ont sûrement été ses meilleurs depuis longtemps sur l'échelle *galo-chienne*. Il y a eu peu de tremblements de terre dans la maison par sa faute.

Et – je me dois de le souligner –, depuis notre départ pour la Floride, il s'est abstenu de me plaquer dans la portière, comme il le fait d'habitude à chaque tournant. W-ouf!

Comme par magie... Émilie et Pierre-Luc filent le parfait bonheur!

Les tourtereaux ont épaulé Fabien toute la semaine. Ils se sont donné le mot pour faire faire le moins de boulot possible à la maman de la famille... et le plus possible au toutou de cette même famille! Pas question que je proteste: c'est grâce à eux trois que je suis du voyage, tu vois ce que je veux dire... Je pars donc pour la Floride heureux, mais la langue à terre!

Quant à Émilie et Pierre-Luc, assis sur la banquette arrière, ils sont aux oiseaux. La perspective de commencer leurs vacances d'été au soleil, à la mer, à la plage et en compagnie d'une Marilou de meilleure humeur, semble les enchanter.

Comme par magie... Éloïse a pensé souhaiter «Bon voyage!» à sa mère!

Le soir même des puces, notre chère diva a expliqué ne pas pouvoir être du voyage, prétextant devoir écrire et préparer un grand spectacle pour la rentrée au cégep. Avec l'accord de Fabien, hier, elle nous a quittés pour aller retrouver sa troupe. Mais surprise! Ce matin, juste avant notre départ, Marilou recevait un appel.

– C'était qui, mon pitou? s'est empressé de demander notre gros-grand-barbu d'agent de voyages, sitôt le bref entretien terminé.

– É... É... Éloïse, a répondu l'ex-sous-ministre, aussi remuée que si elle venait de parler à un fantôme. Ma grande m'a souhaité «Bon voyage!»... et à vous aussi!

– C'est gentil, non?

«Il y a du Fabien sous roche, foi de Galoche!» que je me suis aussitôt dit.

Comme par magie... enfin... la famille Meloche part en Floride dans l'harmonie!

La bonne humeur règne dans la petite *barouette* familiale. Le museau collé contre la vitre, bien au frais grâce au système d'air climatisé que Fabien a fait poser récemment, moi, Galoche, je me demande, plus que jamais : « Quel lapin a donc sorti Fabien de son chapeau de magicien pour amadouer tout ce beau monde en un tour de patte ? Dans son fol enthousiasme, aurait-il fait des promesses ? Pourra-t-il les tenir ?... Ah, Galoche ! Ne sois pas si négatif ! C'est peut-être tout simplement une nouvelle ère *melochienne* qui commence... Tu devrais plutôt te réjouir ! »

« Quelle performante *barouette*, tout de même ! »

Depuis un moment, j'ai l'impression de voler comme un oiseau. Par la vitre, je vois juste des toits, des nuages, du ciel bleu.

« En plus de l'air climatisé, Fabien a-t-il fait installer des ailes à son tacot ? » que je m'amuse.

Soudain, notre niche volante semble faire du surplace : les toits ne bougent plus et les nuages voyagent très lentement, maintenant.

– *Joualvère!* fait Fabien, en donnant un coup de poing sur son volant, puis sur son front.

– Un problème? demande Marilou.

– P'pa? lance le fils adoré de la famille, en avançant la tête entre les sièges. Ton réservoir est encore à sec!

– Minou, c'est pas vrai! lance Marilou, dont le réservoir de patience et de gentillesse semble déjà, lui aussi, en panne. Te rends-tu compte? On est sur une autoroute, par surcroît sur une voie élevée, à 10 mètres dans les airs, sans sortie à moins d'un kilomètre! Mais où as-tu donc la tête? Partir sans essence...

– Ouais! rajoute gentiment Monsieur-je-sais-tout. Tu aurais été mieux de faire le plein que de faire poser l'air climatis...

– La ferme, Sébas!... rugit le conducteur, en donnant un troisième coup de poing, cette fois pour allumer les quatre clignotants.

Une symphonie de crissements de pneus et de klaxons sévit derrière nous. Je ne peux que penser : «Déjà terminée, la nouvelle ère, foi de Galoche!»

Policiers, remorqueurs et garagistes ne sont plus que des souvenirs grâce à la grande débrouillardise de Fabien : nous avons repris la route vers la Floride.

– C'est quand même pas si pire, ose dire le père d'Émilie, on a perdu seulement 50 minutes.

– Cinquante-trois, p'pa, précise... tu sais qui!

– Arrête, Sébas! bougonne mon Émilie. T'es pas drôle.

Moi, Galoche, je donnerais une médaille – même la mienne! – à Fabien pour son courage et son tact; il a été formidable avec toutes les personnes qui sont venues rapidement nous sortir de ce pétrin.

– Fabien... fait notre copilote d'une voix qui me semble conciliante, 50 minutes de retard, en effet, ce n'est pas bien long... Mais 50 minutes quand t'as 1 500 minutes de route à faire... C'EST BEN LONG!

Mon flair me dit que notre voyage sera fait de montagnes russes, et la santé émotionnelle de Marilou aussi: elle a des moments de long silence, comme si elle était dans la lune, et des sautes d'humeur intempestives, comme si elle voulait nous envoyer tous sur la Lune...

Depuis un très long moment, c'est le calme plat : la route est plate, les Meloche sont à plat à la suite des bons mots de Marilou à l'endroit de Fabien; bref, pas de montagnes russes, si ce n'est dans mon estomac... Glou, glou! Glouglouglou!... Je n'y comprends rien. Il me semble avoir été raisonnable au petit-déjeuner, mis à part, peut-être, les deux morceaux de brioche à la cannelle, les trois bouts de toasts au caramel, au chocolat aux noisettes et au miel baraté, sans oublier le bout de croissant trempé dans le chocolat chaud, que ma Douce et Fabien m'ont glissés sous la table.

– Ah! la douane! lance Fabien, heureux de trouver un prétexte pour mettre fin à ce lourd silence.

– Cachez vos petits paquets de *pot*, *les potes!* clame notre fin finaud, à mes côtés, alors que notre tacot ralentit.

J'aurais bien aimé être en meilleure forme pour passer «mes premières douanes » et pour ma première visite officielle aux États-Unis. Mais je n'y peux rien : je suis tout à l'envers !

Marilou remet à son mari de drôles de petits carnets. Et, tandis que notre *barouette* est stoppée et que mon estomac me semble faire un tour de brouette, je vois apparaître d'étranges cabanes vitrées.

– Toi, Galoche, m'avertit notre conducteur et agent de voyages, pas un *jappe* quand je discute avec monsieur l'agent !

– Ouais ! s'interpose Sébastien. Si l'agent te demande ton passeport, Galoche... tu lui donnes tes empreintes : tu le mords !

– Hé ! s'impatiente Fabien. Pas question de rigoler avec un douanier !

Pierre-Luc étouffe un rire. Mon Émilie lui jette un regard aussi paralysant que celui de l'agent qui se penche maintenant à la fenêtre de

Fabien, et dont les immenses lunettes noires me donnent un choc. Après avoir baragouiné plein de mots que je ne comprends pas, il va ouvrir le coffre.

« Un vrai *fouineux*, ce type ! que je songe. Pire qu'une souris qui cherche un fromage ! » Je me reproche aussitôt d'avoir pensé « fromage », car voilà que j'ai un haut-le-cœur.

La tête de l'agent est de nouveau tout près de celle de Fabien.

– *And the dog ? It's your's ?*

– *NO !* répond tout de go Sébastien, me prenant le cou. *IT'S A « TERRORIST » DOG !*

– SÉBAS !!! hurlent en chœur les parents, soudain grimpés sur le dossier de leurs sièges, tandis que mes griffes ne cessent de frotter la porte.

Une explosion de mots et de bruits s'ensuit. Moi, Galoche, terrorisé, je vomis sur Sébastien.

– OUACHE !

À travers un brouhaha incroyable, je comprends que l'agent nous indique finalement de passer la douane.

– *Don't worry, mister, my son will be punished!* lance Fabien, qui va vite stationner notre niche roulante un peu plus loin, faisant crisser les pneus.

Je perds l'équilibre, fonce dans le dos de son siège la tête la première et retombe comme une vieille pantoufle écrasée sur le plancher.

«Bienvenue aux États-Unis!» que je me dis, assommé et tout sali.

Moi, Galoche, je me demande si Sébastien va mieux tenir le coup que mon estomac, qui m'a lâché lors de notre passage aux douanes, il y a quelques minutes.

– C'est pas à moi de ramasser les dégâts: c'est pas mon chien!

Voilà ce que ne cesse de répéter Monsieur-je-sais-tout durant le grand ménage qu'il effectue à l'arrière de notre tacot, sous la férule du grand-gros-barbu de contremaître, toujours en beau *joualvère*.

– Sébas, compte-toi chanceux que je ne te laisse pas à la frontière, après pareille imbécillité !

Alors que Marilou et les tourtereaux se sont éloignés, moi, je reste près de la voiture, assis sur le sol américain.

– Frotte, frotte ! s'impatiente notre conducteur, que je sens sur le point de frotter les oreilles de son fiston. Grouille ! On a encore 1 420 minutes de route à faire !...

« Si moi, Galoche, je me suis vidé l'estomac, Fabien, lui, se vide le cœur... »

Et l'apothéose de cette petite scène douanière se produit au retour des trois autres occupants dans la voiture... Marilou a été fouiller dans ses bagages.

PUSH! PUSH! PUSH! Elle se retourne vers nous, à l'arrière, et projette de puissants jets qui jaillissent d'une bonbonne.

– Comme ça, ça sentira pas l'diable!

– Aïe! s'indigne Pierre-Luc. Je vois plus rien!

Prenant une voix stridente de vieille dame indignée, Fabien lance:

– Pôôôvre p'tit pit!

Notre *barouette* explose de rires... et de parfum de lavande. Seul Sébastien semble avoir le rire et le nez bouchés, foi de Galoche!

«Rrrrrr... Rrrrrr...»

Rien de plus efficace que le roulement d'un moteur et le défilement de milliers de lignes blanches sur des kilomètres d'asphalte pour endormir son chien... misère à poil!

Eh oui, je suis en train de fermer complètement les deux petits stores de mes yeux au moment où mon Émilie en profite pour briser le silence, doux à mes oreilles, et pour me faire sursauter sur la banquette.

– R'garde, p'pa! Une halte routière, dans un mille! J'aimerais bien manger: j'ai un p'tit creux.

«Rrrrrr... Rrrrrr...»

À entendre les humains parler de leur «p'tit creux», ils me donnent l'impression d'avoir un puits sans fond à la place de l'estomac...

– Un hot dog! Hummm, ce serait bon!

– Ouache! Pas de chien... saucisse! s'oppose le frère de ma Douce, en appuyant, bien évidemment, sur chacun des deux mots pour me narguer. Un double *cheeseburger* avec bacon, ce serait bien meilleur!

– Oui, mais... intervient gentiment Pierre-Luc, en abandonnant pour la première fois depuis notre départ la main de ma Douce, des sous-marins, c'est aussi bon et bien meilleur pour la santé.

– Ah! toi, le *smath*, tu sauras que tes sous-marins remplis de viandes froides, même si y a plein de légumes, c'est encore pire qu'un hamburger. Ça fait que… ton trou!

– Sébas, reste poli, si t'es pas joli! s'interpose Fabien, dont les oreilles semblent aussi écorchées que les miennes.

Le père d'Émilie obtient le silence.

– C'est votre mère qui va décider. D'accord, les jeunes?

Mes trois collègues de la banquette arrière se rappellent aussitôt le but premier de notre voyage de rêve: faire plaisir à Marilou et lui faire oublier ses malheurs. Personne ne réplique; chacun reste silencieux, les fesses sur le bout du siège, attendant le verdict de la copilote.

«Rrrrrr… Rrrrrr…»

Misère à poil! Je réalise tout à coup la vraie provenance de ce lointain ronronnement que mes sensibles oreilles percevaient depuis un moment. «C'est Marilou!» Et je prends aussitôt conscience que le roulement d'un moteur et le défilement de lignes sur l'asphalte n'assoupissent pas que les chiens… mais aussi les sous-ministres *tablettées*.

«Rrrr… Rrrrrrr…»

À leur tour, mes amis perçoivent un bruit étrange tandis que les ronflements de Marilou prennent de la vigueur.

– Chut! fait notre attentionné agent de voyages. Votre mère dort. La fatigue et le stress accumulés, sans doute.

– On dirait un cochon!

Notre conducteur tourne la tête vivement.

– Sébas! fulmine Fabien d'une voix furieuse qu'il étouffe. Une autre farce plate comme ça et… et…

«Sauvé par la musique!» que je me dis. Pierre-Luc sort son minicellulaire de sa poche de pantalon avec de petits gestes nerveux.

«Grrr... Grrr... Grrr...»

De son côté, notre copilote, légèrement dérangée par tous ces bruits et murmures, y va de quelques ronflements plus pétaradants.

Notre jeune voisin parle à voix très basse, tandis que le bruit des ronflements s'intensifie toujours. Et moi, w-ouf! je suis rassuré: Fabien a repris sa position... ainsi que le contrôle de ses émotions.

– Monsieur Meloche? chuchote notre jeune voisin. C'est mon père! Il aimerait parler à votre femme...

Bougeant un doigt dans les airs, notre pilote fait signe que non à Pierre-Luc. Moins de trois «GRRRR...» plus tard,

Fabien met à rude épreuve l'harmonie et la solidarité de la famille:

– Pas question de réveiller Marilou! Elle va rappeler ton père plus tard. Pas question d'arrêter pour manger non plus! Compris?...

Moi, Galoche, j'applaudis des oreilles et je me laisse tomber, enfin, dans les pattes de Morphée... W-ouf!

«Oh là!» Notre pirogue à quatre roues se met à zigzaguer dangereusement sur l'autoroute. «Notre conducteur s'est endormi, lui aussi!» que je panique, alors que nous fonçons droit vers un champ de maïs. Je grimpe sur le dos du siège de Fabien pour tenter de le réveiller. «Il n'est pas endormi!» Ce dernier tourne sa tête. Horreur! Il me regarde à travers de grosses lunettes.

– *Don't worry, big dog... Be happy!* me lance l'agent des douanes, avec un sourire qui me terrorise. *You will be, soon, a good...* HOT DOG!

Nous fonçons droit vers un palmier!

– WAAAF!

Je laisse échapper un *jappe* de mort et sors de mon cauchemar.

– Quoi? Quoi? s'énerve aussitôt Marilou, les yeux encore dans les brumes d'un lourd sommeil. Que se passe-t-il?

– Rien, rien, mon pitou! Ne t'en fais pas. C'est Galoche... on dirait qu'il a fait un mauvais rêve.

Fabien déplace son miroir et m'envoie un regard aussi méchant que celui d'un agent de douanes, foi de Galoche!

Pourtant, mon cauchemar ne fait pas que des malheureux, car des cris s'élèvent aussitôt dans notre tacot: «J'veux un hot dog! Un hamburger! Un sous-marin!»

Ces demandes d'affamés achèvent de réveiller la copilote, tandis que notre pilote, lui, répond du tac au tac:

– Pas de chance: la prochaine étape est seulement dans 60 milles!

Je jette un coup d'œil vers mes trois compagnons de banquette et vois des visages aussi ternes, carrés et froids que les panneaux indicateurs des restaurants de *fast food*...

– Ah! un motel! s'enthousiasme Fabien, après un *fast stop* au *fast food* et après avoir roulé, roulé et roulé des centaines et des centaines de kilomètres.

C'est au tour du soleil d'être tombé dans les pattes de Morphée. Je sens que, cette fois, c'est la bonne! Nous sommes fatigués et irrités après les huit arrêts précédents à des motels tous «NO VACANCY».

– Ça aurait été tellement intelligent de réserver... laisse échapper Marilou.

À son tour, ma Douce commente la situation, un peu à la manière de son frérot.

– On dirait un... TROU!

«Pas grave! que je hurle d'impatience dans mon trou de banquette. Faut que je débarque! Je ne suis plus capable de les écouter se disputer! Alors, trou ou pas, il nous faut des chambres libres dans ce motel, misère à poil! J'ai le coco qui va exploser!»

Nous sommes en pleine nuit et bel et bien... dans un trou! Et j'ai toujours le coco qui va exploser.

C'est la douzième étrange bestiole qui me passe juste au bout de la truffe, la vingt-deuxième porte de chambre qui claque, la quarante et unième cannette de boisson gazeuse qui tombe au fond de la distributrice, juste à côté de notre chambre, dans un BOUM! qui provoque chaque fois chez moi un serrement de cœur, et la mille et unième goutte... DING!... du robinet de la salle de bains que j'entends gicler, alors que je suis étendu à l'entrée de celle-ci. Et cela, c'est sans compter les dizaines et dizaines de ronflements de Fabien, cent fois plus dévastateurs que tout le reste, je t'assure.

«Quelle mauvaise idée a eue Fabien de me faire coucher dans la chambre des gars!»

DRIIIING!!!

Et quelle mauvaise idée de Fabien d'avoir amené son vieux réveil, qui se met à sonner au moment même où je croyais pouvoir enfin m'endormir...

– Bonjour, bande de fainéants! Debout! Il est déjà 5h30!

Fabien fonce vers la salle de bains, cheveux et barbe hirsutes. «Aïe! Oh! Attention, je suis là, moi...» BOUM!

Trop tard! C'est que notre trou n'était pas grand... misère à poil!

Après une coûteuse et longue visite à la clinique du coin, et après huit points de suture au front nécessaires à la suite de sa terrible chute dans la salle de bains de notre trou, Fabien a repris le volant et nous filons de nouveau sur l'autoroute.

Par le miroir, je vois les yeux grands ouverts de Marilou, son regard triste. Elle semble perdue dans ses pensées. «Oh, oh! que je songe. La voilà replongée dans ses sombres cogitations à propos de son poste disparu, la pauvre!...» Pourtant, même si Fabien nous a incités à tout faire pour la distraire, pas question de tenter quoi que ce soit et de me faire apostropher par Fabien ou les autres. «J'ai fait ma part! À chacun son tour...»

Roulé en boule, le museau enfoui dans la fourrure de ma cuisse, je suis bien décidé à récupérer les heures de sommeil perdues à cause de mon trou noir de cette nuit, si tu vois ce que je veux dire...

– Oh, minou? dit notre conducteur, tout joyeux, ayant sûrement lui aussi remarqué le petit côté lunatique de Marilou. J'ai oublié de te dire la bonne nouvelle. Quel coup de chance! Imagine, tantôt à la clinique, j'ai jasé avec l'infirmière qui a aidé le médecin à faire mes points de suture. Je lui ai dit que nous allions en Floride. Pour ce soir, elle m'a recommandé un hôtel tout près de l'autoroute. Magnifique, à ce qu'elle dit! Il y a même une piscine intérieure. Et sais-tu quoi?...

Fabien sort fièrement un papier de sa poche de chemise et ajoute:

– J'ai même réservé!

– Yééé! font les tourtereaux, fêtant la bonne nouvelle d'un autre petit baiser.

– Eh que vous avez l'air innocents avec vos «Yééé» puis vos p'tits becs!

«Ah non, ils ne vont pas recommencer, ceux-là!» que je m'inquiète, tentant de m'enfouir les oreilles sous ma fourrure.

– Voyons, les jeunes! intervient Fabien. On s'en va au soleil, à la mer, à la plage. C'est pas le temps de vous chicaner…

«Et laissez notre pauvre Galoche dormir en paix!» que j'ajoute, heureux de voir Fabien prendre la situation en main.

– Seulement un autre soir à l'hôtel et puis c'est le château! C'est pas beau, ça? poursuit mon grand-gros-barbu de

sauveur. Alors, ne vous disputez pas...
CHANTEZ, PLUTÔT!

«Ah non!»

🎵 *Qu'il fait bon chez vous, maître Pierre!*
Qu'il fait bon dans votre moulin! 🎵

Mes oreilles frémissent et mes crocs
grincent.

– Allez-y, les amis! Chantez!

♪♫ *Le bon vin coule dans la chaumière.*
Qu'il fait bon chez vous, maître Pierre! ♪♫

Je suis horripilé, mais aussi en admiration devant le dévouement total de notre agent pour faire de notre voyage un succès. Pourtant, la détermination de Fabien ne semble pas épater la galerie, qui reste silencieuse sur la banquette arrière.

– P'pa, arrête! ose dire ma douce Émilie.

– C'est qu'on ne connaît pas très bien cette chanson, renchérit Pierre-Luc.

– Ouais! ajoute Monsieur-je-sais-tout. Ce que veut dire Pierre-Luc, p'pa, c'est que c'est *quétaine à mort*, ton affaire...

À vrai dire, pour une rare fois, je ne suis pas tout à fait en désaccord avec Sébastien. Et, surtout, ce n'est rien pour m'aider à dormir...

– Eh que vous êtes rabat-joie! intervient Marilou, en se retournant brusquement vers nous. Votre père se *désâme* pour mettre de la gaieté et tout ce que vous trouvez à faire, c'est de le critiquer.

Estomaqué, Fabien fixe son pitou. Tout comme moi, il pense avoir entendu une étrangère. Notre *barouette* se met à zigzaguer dangereusement... et ce n'est pas un rêve!

– Cesse de me regarder, Fabien! Tu vas nous faire prendre le champ. Chante!

Un coup de volant et nous voilà de retour sur la bonne voie... celle de la chanson.

♪♫ *Qu'il fait bon chez vous, maître Pierre* ♪♫

reprend notre agent de voyages et animateur.

♪♫ *Qu'il fait bon dans votre mouliiiiin!* ♪♫

lancent à leur tour trois voix de crécelle, à mes côtés.

Mon découragement est total quand notre coanimatrice me fixe et me dit:

– Envoie! Toi aussi, Galoche, tu fais partie du voyage. Fais ta part!

«Hein? Quoi?» que je songe, restant l'air *humain* un instant, avant d'y aller d'une volée de «Waaf!» *moderato* et d'une autre, *allegrato*, à m'en décrocher les mâchoires.

En voyant les beaux sourires de Marilou et de Fabien dans le miroir, je me sens comme un héros.

W-ouf! Enfin, Fabien a épuisé son répertoire et c'est dans un délicieux silence que notre tacot continue de foncer à fière allure sur l'autoroute.

Après tous ces «Waaf!» et ces «Wouf!», moi, Galoche, je sens encore mes crocs vibrer comme les cordes d'un piano et ma gueule devenir plus rigide que le banc de ce même piano, misère à poil! Bien entendu, je tente de nouveau de faire une sieste, dans mon trou, sur la banquette arrière, enroulé en... clef de sol.

Pourtant, malgré ma grande fatigue, je ne parviens pas à trouver une position.

– Coudonc, as-tu des puces, toi? me lance le pou, à mes côtés, en m'administrant une mise en échec avec sa fesse gauche.

Mon trou s'amenuise dangereuse-ment. Et, pire encore, plus on s'enfonce en sol américain, plus le soleil me tombe dessus et plus j'ai incroyablement chaud. Au moment où je décide d'aller chercher un peu d'ombre en sautant sur le plancher derrière le siège de Fabien, le pou explose.

– P'pa, j'ai chaud pour mourir! Ta climatisation, elle fonctionne?

– Moi aussi, j'ai chaud, renchérit mon Émilie.

La reprise des hostilités est tuée dans l'œuf par la détresse subite de Fabien.

– *Joualvère*! T'as raison, Sébas! se fâche notre conducteur, en donnant un coup de poing près du bouton du système d'air climatisé. Ça ne semble plus fonctionner, cette *bébelle* qui m'a coûté les yeux de la tête.

– Ouvrez les fenêtres à l'arrière! recommande gentiment notre copilote.

«Génial!» L'instant d'après, moi, Galoche, je respire le grand air à pleins poumons, la tête complètement sortie de l'automobile. «Quelle belle sensation de liberté!» Et, comme les moments de liberté ne sont pas *médaille* courante chez les humains, pour nous, les chiens, nous ne manquons pas d'en profiter chaque fois qu'une occasion rêvée se présente.

POW!

– Aooouh ! ouh ! ouh ! que je hurle de douleur.

Un taon vient d'entrer en collision avec mon œil gauche. Toute liberté a son coût, foi de Galoche !

Nous pique-niquons dans un coin de paradis.

– À la santé de notre copilote ! dit Fabien, en levant son jus de légumes. Quel endroit merveilleux tu nous as trouvé sur ta carte, Marilou ! Et quel goûter de rêve tu nous as déniché. Chapeau !

Cinq cannettes se frappent au-dessus de la table de bois, sans grand éclat, toutefois. Mes trois partenaires de la banquette arrière regardent les noix, les pains pitas, les fruits secs et les nombreux petits légumes éparpillés sur la nappe de papier avec un petit air «santé» : ils ont le teint et l'expression s'approchant du navet, de la carotte et de l'épinard... «On pourrait en faire de bons jus de légumes!» que je m'amuse, en me retirant un peu à l'écart, afin de donner du repos à mes oreilles durement bombardées par les Meloche depuis notre départ.

Les herbes sont hautes et jaunies par le soleil intense. Je m'y engouffre à pas de tortue, ne voyant plus que d'un seul œil : mon gauche est *taon-bé* au combat pour ma liberté, comme tu le sais.

«Mon flair y voit toujours aussi clair!» que je me félicite, alors que ma promenade me mène droit à un large ruisseau. De toute beauté! L'eau serpente dans ce superbe décor, nouveau pour moi.

PLOUF!...

Une vague de bonheur m'envahit. Je nage, seul, dans cette eau calme et juste assez tiède pour me rafraîchir. Mes oreilles flottent à la surface et mes tympans ressuscitent en se laissant bercer par le gazouillis de dizaines d'oiseaux qui papillonnent autour de ma tête. «Fabien avait raison: merci, Marilou, pour ce coin de paradis!»

Sachant que les Meloche en ont au moins pour une bonne demi-heure encore à manger, je sors en douceur du ruisseau et décide de m'allonger pour relaxer. Je m'appuie sur un bout d'arbre couché au sol et ferme les yeux. Ah! je me sens aussi serein qu'un toutou en peluche. Hum! quelle belle chaleur me procure ce morceau de bois mort!

Et pourtant... une idée m'assaille soudain.

Je ris aussitôt de cette stupide impression qui m'habite, à savoir que le morceau de bois semble bouger dans mon dos. «Voyons, Galoche, le réveil des dinosaures, c'est juste dans les films d'Émilie que ça se produit...»

Comme pour me contrarier, mon œil droit voit à travers les brindilles de foin la partie avant du billot se replier vers moi et s'arrêter juste devant ma truffe.

Comme pour me faire mentir, mon œil droit, grand ouvert, voit soudain s'illuminer deux petites lumières verdâtres.

«UN ALLIGATOR, MISÈRE À POIL!»

Je ne parviens pas à bouger d'un poil. Je suis hypnotisé par ces yeux de monstre. L'alligator me dévore des yeux comme si j'étais... du *fast food*. On dirait Monsieur-je-sais-tout qui fixe son double *cheeseburger* avec bacon, juste avant qu'il ne l'attaque. De quoi fondre comme fromage au soleil…

Des grognements bizarres, et me voilà devant une gueule grande ouverte, aux crocs immenses… « De vraies stalactites ! » IVG ! Il est temps, tu me diras. C'est que l'effet d'hypnose ne s'est évanoui qu'au moment où les grandes mâchoires sont venues faire écran à ces yeux monstrueux.

Mes esprits enfin retrouvés, je bondis à reculons sans même un seul BIP ! BIP !… Aouhhh !… Je me retrouve assis sur la queue du monstre alors qu'un puissant CLAC ! se fait entendre : les mâchoires sont passées dans le vide. W-ouf ! Vite comme une gazelle, je déguerpis et je vole vers la liberté, comme un frisbee, foi de Galoche !

– Joualvère ! Où étais-tu passé, toi ? me semonce Fabien dès que j'atterris dans la belle éclaircie de la halte, trempé et tremblant telle une navette spatiale au moment de son décollage.

– À te voir les frisettes en l'air et la binette aussi basse, lance Sébastien, on dirait que tu as rencontré un alligator... Y en a plein dans le coin!

– Oui, de renchérir mon Émilie, tu dois faire attention si tu t'éloignes, mon beau.

– Ils ont l'air endormis, mais ils sont toujours à l'affût et très méchants, les alligators! conclut Pierre-Luc.

Moi, Galoche, encore sous l'horrible choc, j'aimerais ouvrir la gueule aussi grand que l'alligator de tantôt et leur hurler: «Bande de nonos, pourquoi ne pas m'avoir averti plus tôt? J'ai failli y laisser ma fourrure, moi!»

La joie est à son comble! Fabien, tout fier, fait rouler son tacot jusqu'à l'entrée d'un hôtel dont la dizaine d'étages éclairent la nuit étoilée.

– Hein ? Qu'est-ce que je vous avais dit : c'est assez chic à votre goût, ça ?

Tous crevés par ce long trajet presque sans interruption – sauf les pauses pipi !– qui a suivi notre fameux pique-nique, nous arrivons enfin à destination, soulagés de ne pas avoir à coucher dans un trou...

– Faut espérer qu'ils n'ont pas donné notre belle grande chambre à quelqu'un d'autre, lance Marilou. Il est 1 h 30 du matin...

Chemin trottinant vers le portique de l'hôtel, mes oreilles captent de jolis bruits d'eau, derrière de beaux grands bosquets de fleurs. Instinctivement, je me glisse au milieu de notre petit groupe par souci de sécurité et m'empresse de me diriger vers le hall... PLOCK !... Je me frappe le museau sur le cadrage métallique de la grosse porte d'entrée.

– Chien borgne ! dit Sébastien, se moquant de mon infirmité temporaire qui m'oblige à me diriger d'un seul œil.

– Pauvre Galoche ! lance ma Douce, en me prenant aussitôt dans ses bras. Sébas, t'as vraiment pas de cœur !

Bien au chaud, et à l'abri de tous les alligators, je me retrouve devant un bureau et un monsieur qui semble jouer au militaire, dans un drôle de costume. Après quelques mots incompréhensibles de Fabien, le gardien nous sourit à pleines dents et dit, en s'efforçant, il me semble, de parler comme les Meloche :

– Bienneveniou tchez nous !... *Yes, yes, yes*, pas problème.

Tout le monde pousse un soupir de soulagement ; moi y compris, bien sûr !

– *But*... ajoute le monsieur... pas de *pets* !

« De quoi il se mêle ? que je m'étonne, ahuri d'entendre pareille idiotie. Un pet, ça ne fait de mal à personne... »

Mais ce petit « pet » semble provoquer un vent de panique dans la famille.

«Ben quoi, que je continue de songer, c'est du domaine de l'intimité, un pet, non? C'est la vie personnelle... tant chez les humains que chez les animaux...»

– *Sorry! No dog!*

Les dernières paroles du monsieur me tombent dessus comme les mâchoires d'un alligator: je viens, je crois, de faire le lien entre «*pet*», «*dog*» et «chien»...

Moi, Galoche, j'ai dû passer la nuit dans notre tacot, à imaginer celui-ci entouré de... ce que tu imagines.

Malgré les couvertures apportées par Émilie et Pierre-Luc pour me faire un lit, ce fut une nuit de grand stress et aussi de grande déprime: je songeais aux Meloche dans de beaux draps douillets, avec beaucoup d'espace, d'air frais, alors que moi, je me retrouvais encore dans notre tacot minable, humide, tout ankylosé...

Et tu ne le croiras jamais: pour tenter de garder le moral et d'oublier... tu sais quoi, je me suis mis à fredonner, dans ma tête :

🎵 *Qu'il fait bon chez vous, maître Pierre…* 🎵

Quel beau voyage !

Quel bon Fabien !

Le père d'Émilie vient d'ouvrir la portière. Des lueurs orangées s'infiltrent partout dans ma chambre d'hôtel… sur quatre roues !

– Tiens, mon beau ! Ton petit-déjeuner ! me dit-il, en me faisant sortir et en déposant devant moi une assiette de belles grosses crêpes inondées de sirop et un grand bol d'eau fraîche. Tu vas en avoir besoin, Galoche, car on va encore beaucoup rouler aujourd'hui, sans arrêt, je pense bien.

Oubliant la dure journée à venir, la nuit passée dans la voiture et les alligators, je plonge dans mon petit-déjeuner. «POUACHE! On dirait des couches de mastic et de la colle à tapis!...»

– Galoche, fais pas la fine gueule! Tu es... aux États-Unis!

«Au royaume du *fast food*, oui, je sais!» que je me répète, me surprenant à rêver, soudain, de posséder une paire de mâchoires aussi puissantes qu'un alligator...

Des centaines et des centaines de kilomètres plus loin...

Des dizaines et des dizaines de disputes et de «Ouf! qu'il fait chaud!» plus tard...

Et après des montagnes de frites, de rondelles d'oignon, de hot dogs et d'hamburgers ingurgités en vitesse par les Meloche, et même par Marilou, devant l'impossibilité de trouver un autre genre de bouffe sans créer un nouveau retard et compromettre notre arrivée avant la nuit...

... mes soupçons quant aux promesses de Fabien se confirment.

– Ah, minou! lance Marilou. Que j'ai hâte d'arriver au château avec vue sur mer que t'a si gentiment prêté ton mystérieux ami.

– Et moi donc, renchérit Sébastien, que j'ai hâte de participer à ma première pêche en mer... au requin!

– Et nous, s'enthousiasme Émilie à son tour, on a hâte de se lancer dans les plus hautes montagnes russes de toute la Floride, au parc d'attractions dont tu nous as parlé!

W-ouf! Quelles incroyables promesses!

Tout de suite après ces trois révélations, moi, Galoche, je jette un coup d'œil à Fabien, par le rétroviseur. Je vois alors ses yeux fuyants... «Oh, oh! Le magicien aux belles promesses n'a vraiment pas l'air dans son assiette.»

Je sors de nouveau ma tête dehors pour laisser le vent emporter au loin toutes les idées de malheur qui m'assaillent soudain à la pensée que Fabien ne puisse tenir ses fameuses promesses...

UNE PLAGE DE RÊVE !

Après une autre longue et éprouvante journée de route dans notre tacot, voilà que, pour la troisième fois, nous roulons lentement sous la lumière des réverbères d'un imposant boulevard, presque désert, toujours à la recherche de Sun Sea Avenue...

– Ahhh ! s'exclame brusquement Marilou. Là, Fabien, à droite !

W-ouf ! J'ai très chaud : en plus de cette horrible chaleur, je commençais à croire que cette rue n'existait pas, misère à poil ! Et je ne crois pas avoir été le seul à penser cela : l'enthousiasme de mes compagnons de banquette est démesuré.

– Yaaa !!! crie Émilie.

– Yééé !!! renchérit Pierre-Luc.

– Y était temps ! ajoute Sébastien. J'étais en train de suffoquer avec la fournaise de poils que j'ai à mes côtés !

Un coup de volant de la part de notre conducteur et nous nous engageons maintenant sur un chemin de terre plutôt tortueux. Après quelques sursauts de notre *barouette*, nous débouchons sur le 101, Sun Sea Avenue. Notre voiture s'immobilise. Moi, Galoche, je n'en crois pas mon œil !

Fabien, Marilou, Émilie, Sébastien et Pierre-Luc n'en croient pas leurs yeux !

Même notre tacot n'en croit pas ses phares, qui éclairent de tous leurs feux notre fameux « château »… PIRE QU'UN TROU, MISÈRE À POIL !

Sous un merveilleux ciel étoilé, écoutant la beauté symphonique du chant de milliers de ouaouarons, cinq statues fixent une roulotte pour le moins vieillotte. Spectacle à ce point catastrophique que moi, Galoche, j'en oublie presque les alligators... «À côté de ça, dormir dans le tacot, c'était du grand luxe!»

J'entends toujours les Meloche grincer des dents. Leur colère gronde. Au point que leurs grincements vont bientôt réussir à enterrer le chant des ouaouarons.

– Fabien? demande Marilou, la première à quitter son état de statue. Dis-moi, minou, ton mystérieux ami, qui t'a si gentiment prêté son «château», C'EST UN OUAOUARON?!

– Et puis, maugrée Sébastien, en se grattant le mollet, ma pêche au requin, ça va se transformer en pêche au maringouin?

« Et nos montagnes russes, en collines pour bébé ? » doivent se demander les tourtereaux, dont je remarque l'air complètement découragé.

– Bon, eh bien, euh… OK ! baragouine la statue à barbe, qui semble sur le point de tomber en mille morceaux. Je me suis fait embarquer dans une galère, mon ami n'est pas du monde et j'y ai été un peu fort dans mes promesses pour vous rallier tous à mon projet… TOUTES MES EXCUSES !

Après cette confession, dans un dernier sursaut, l'optimisme légendaire de Fabien semble subitement refaire surface :

– Écoutez !… Écoutez !… La mer, on ne la voit peut-être pas, mais… on l'entend ! Écoutez ! Écoutez les vagues !

Moi, Galoche, la seule vague qui me semble perceptible, c'est celle qui vient de faire gonfler les pupilles, les joues et la moue de Marilou : une vague de colère! Une vague qui déferle en un flot de mots si terribles que je ne peux l'écrire ici et qui cloue même le bec aux ouaouarons. Les Meloche y vont d'une belle symphonie pathétique qui s'élève dans la nuit.

Frappé par cette cacophonie indescriptible, je décide de donner un peu de répit à mes oreilles et je me sauve. L'instant d'après, je me faufile discrètement dans le «château-trou» par la porte entrouverte. Aussitôt, une longue corde noire me passe sous la bedaine pour ensuite filer dehors.

– WAAAFFF!

UN SERPENT!

– Galoche? s'inquiète tout de go ma Douce après mon *jappe* de mort. Qu'est-ce qu'il y a?

Émilie se précipite dans la roulotte, aussitôt suivie par le reste de la troupe.

– Voyons, Émilie, dit Marilou, juste derrière elle. Le pauvre est sous le choc, comme nous, devant ce... cette horreur de château!

À mesure que la famille fait le tour du propriétaire et tente de prendre possession de ce «trou», mes oreilles font des soubresauts à chaque «Crash! Bang! Furk! Bading! Crsssshhh! Crak! Hiiiin! Boum! Joualvère! Hi, hi! Ahhhh!... une souris! Flack! Ayoye! Sproutche! Les matelas sont mous comme du Jell-o! Yaaa! Yooo! You-hooou!»

– En bas, Sébas! C'est pas un trampol... CRATCSSSH!

Je ris dans ma barbichette en voyant Monsieur-je-sais-tout suspendu dans les airs au-dessus du lit, alors que sa tête vient de passer à travers le toit pourri de la roulotte.

C'est le fou rire général. Des rires qui s'étirent, s'étirent... et deviennent peu à peu des pleurs chez Marilou, de faibles reniflements chez Émilie et Pierre-Luc et de vrais sanglots chez Fabien...

« Oh, oh ! Les Meloche sont vraiment à bout de nerfs ! » que je constate.

– Sniff ! Sniff !

J'ai soudain l'impression qu'on vient de me greffer des glandes lacrymales et que je pleure comme une Madeleine devant ce tableau *melochien* chargé de beaucoup d'émotions nouvelles pour moi.

Et, pour une fois, l'humour particulier de Monsieur-je-sais-tout, toujours coincé dans le toit, vient détendre l'atmosphère lourde.

– Si l'un de vous veut coucher à la belle étoile, faites-moi signe! fait soudain la voix lointaine de Sébastien. Je suis prêt à laisser ma place. À moins que l'un de vous veuille venir me rejoindre? À deux, ce serait moins plate!...

Les humains sont très compliqués et ne cesseront jamais de me surprendre. Les Meloche, tout particulièrement! À preuve, en ce moment, je suis abasourdi: alors que Sébastien est descendu de son piédestal, sous les étoiles, et que Fabien est parti à la pêche aux petits «châteaux», l'harmonie et la solidarité sont de retour dans la roulotte.

– Grouillez-vous, les jeunes! ordonne une Marilou ressuscitée, travaillant comme une forcenée pour réorganiser leur tout nouveau laboratoire astronomique... On va faire une surprise à Fabien!

– Pourquoi? P'pa va peut-être trouver un hôtel, un motel ou, en tout cas, un meilleur trou que ça...

– Sébastien, ton père a une chance sur mille de réussir.

Bon, d'accord, l'harmonie et la solidarité semblent encore un brin fragiles et notre roulotte est toujours aussi humide qu'un château de sable à marée haute. Mais, foi de Galoche, jamais je n'ai vu Marilou faire preuve d'autant de détermination pour instaurer un quelconque esprit de famille... ou pour restaurer quoi que ce soit, de toute façon, dans l'environnement des Meloche. Marilou m'épate, je dois l'avouer.

– Pis toi, vieille sacoche, arrête de me regarder avec cet air hébété et va aider Émilie et Pierre-Luc à nettoyer la chambre du fond!

«Oh, oh! La Marilou continue de reprendre du poil de l'*humain*, c'est certain!»

Subito presto, je vais rejoindre les tourtereaux, maintenant convaincu que le remède de Fabien, soit de tout faire pour que Marilou oublie sa perte d'emploi, est le bon.

Et, sur ce plan, tu seras d'accord avec moi: les Meloche, Pierre-Luc et moi, nous pouvons dire fièrement: «MISSION ACCOMPLIE!»

CRATCHHH!

Dans la chambre du fond, je sursaute en entendant ce bruit. La porte d'entrée semble avoir été arrachée... BOUM!... Ma tête percute un petit meuble, fait basculer le pot de chambre qui s'y trouve et je me retrouve avec ce dernier sur la tête.

– Wow! Quel beau chapeau, Galoche!

– Il te va comme un gant!

Émilie et Pierre-Luc ont bien ri tout à l'heure en voyant cette antiquité; mais là, ils explosent de rire.

Beau joueur, et bien qu'encore un peu assommé, je garde ma bonne humeur. Intrigué, je me dirige vers l'avant de la roulotte. J'y trouve Fabien, en train de se frotter le front. Derrière lui pendouille le haut transversal du chambranle de la porte. «Héroïque, ce Fabien! que je me dis. Il s'est cogné la tête et pas même un petit *joualvère*!... Faut le faire!»

– Et puis, minou? s'informe la reine de la roulotte, en se hâtant d'aller retrouver son gros-grand-barbu-et-très-patient compagnon de vie.

– Partout, *no vacancy*!

Fabien se fige. Il aperçoit soudain le chantier en cours dans la roulotte.

– Incroyable! s'exclame-t-il, le visage passant de la molasse crêpe américaine, rabougrie, aux fines et joyeuses crêpes Suzette.

– T'es content? demande Marilou.

Fabien, ragaillardi, explose de joie:

– Wow! Quel travail vous avez fait!

– On voulait te faire une surprise... commence Marilou, alors qu'une vraie grande surprise nous tombe dessus, comme un oiseau de proie sur sa victime.

– COUCOU! fait soudain une grosse tête qui vient de se glisser derrière la porte entrouverte.

– RICARDO!? s'exclame, crie, maugrée, s'enthousiasme, s'étonne ou s'effondre chacun d'entre nous (à toi de faire ton choix!).

– Eh oui, c'est moi, répond le «mon oncle» de la famille, le sourire fendu jusqu'aux oreilles, heureux de créer pareil émoi.

Sortant de sa torpeur et de ses gonds, Marilou hurle :

– QUOI ? C'était donc toi, l'ami qui nous prête son... château ? !

« C'était ça, leurs petites discussions en cachette, lors de la vente de garage ! » que je songe, ahuri comme le reste de la famille.

J'ai le sentiment profond que la mère d'Émilie, avec son foulard d'ouvrière sur la tête, son tuyau d'aspirateur dans une main et sa brosse d'acier dans l'autre, va se ruer sur le gros-et-grand frère de Fabien et le rouer de coups.

– Mais qu'est-ce que vous faites dans ce... TROU ? demande Ricardo, avec un air de clown.

Je vois cinq bouches devenir des trous béants et cinq paires d'yeux devenir des trous de sucette. Quant à moi, je tombe sur mes deux fesses, aussi étonné qu'eux par cette réplique de Ricardo.

– Ça fait des heures que je vous cherche!

Notre bon agent de voyages Fabien justifie aussitôt notre présence dans cette roulotte en montrant le papier sur lequel il avait noté l'adresse donnée par ce même clown, Ricardo, lors de notre célèbre vente de garage.

– Pas 101! explose le frère de Fabien. C'est «1001, Sun Sea Avenue»!... Cré frérot, toujours aussi brouillon! Heureusement que Maria a eu un contretemps: nous serions partis seulement dans trois jours, comme prévu avec Fabien, pour venir vous faire une petite surprise. Comme elle ne pouvait plus venir, elle m'a dit de partir tout de suite et de vous faire la surprise plus tôt... Pour une surprise, je pense que je n'ai pas manqué mon coup, à voir vos faces de crapet-soleil... Ha, ha, ha!...

– Ha, ha, ha!... laisse échapper la famille Meloche, en chœur.

– Surtout, heureusement que j'ai cru reconnaître ta bagnole tantôt, Fabien! Je t'ai pris en chasse et quand j'ai vu la pancarte Sun Sea Avenue, j'ai compris ce qui se passait: ici, c'est juste un bout de rue perdu qu'un hurluberlu a dû appeler comme ça dans le temps... La vraie avenue Sun Sea est située de l'autre côté du petit pont, tout au bout du grand boulevard sur lequel je t'ai croisé, justement.

W-ouf! Je vois Marilou déposer son tuyau et sa brosse d'acier. Elle semble plus détendue.

Après un petit silence, Ricardo pointe du doigt l'intérieur de la roulotte et, un sourire taquin au coin des lèvres, il ajoute:

– En tout cas, j'en connais un qui va avoir toute une surprise aussi: le propriétaire de cette roulotte!... Vous avez fait du beau travail!... Ha, ha, ha!

Le temps d'un rire, je sens que Marilou songe à reprendre son tuyau et sa brosse d'acier... Mais, sûrement trop épuisée, elle n'en fait rien, à mon grand soulagement.

Quant à Fabien, il respire le bonheur quand, quelques minutes plus tard, il se remet au volant de son tacot et lance, tout joyeux :

– En route vers le... château !

Sa joie n'a d'égale que la mienne : Sébastien a décidé de continuer le voyage avec Ricardo !

« Enfin un peu d'espace, misère à poil ! »

RRRRABITT !

– Ahhh ! hurle Pierre-Luc, en me tombant dessus comme une araignée sur une mouche.

RRRRABITT ! RRRRABITT !...

Les cris d'un ouaouaron s'élèvent sous le siège de Marilou. Notre jeune voisin grimpe dans la portière, me piétinant comme si je n'étais qu'un vieux tapis de roulotte.

– Voyons, Pierre-Luc! s'étonne mon Émilie. C'est juste un pauvre petit ouaouaron égaré. Dis-moi pas que t'as peur!...

– Euh... non, non, c'est que... Ahhhhh!!!...

Le pauvre ouaouaron apeuré vient de bondir sur la banquette arrière.

– Ouvrez! Ouvrez! Ouvrez!

Les hurlements de Pierre-Luc redoublent, faisant bien rire les Meloche.

Moi, Galoche, je prends de plus en plus l'allure d'une misérable carpette sous les coups de pied de notre jeune voisin paniqué.

«Viens lui ouvrir! que je supplie mon Émilie. Je vais y laisser ma fourrure, moi!»

«Prise deux!» que je me dis, aba-sourdi, alors que nous nous arrêtons derrière le camion de Ricardo, juste devant le 1001, Sun Sea Avenue.

La surprise est à son comble dans notre tacot.

«Un trou… mais plus grand!» pen-sons-nous tous en même temps, laissant planer un long silence.

– Ben quoi? fait Ricardo, debout sur la galerie chancelante de son château fait de milliers de petits bardeaux dont la peinture blanche est écaillée, et qui donne directement sur une rue ensablée. Débarquez!

– Fabien, moi, je ne monte pas là-dedans! dit Marilou, en pointant la vieille maison à deux étages. On dirait un… château de cartes!

Je vois apparaître les yeux méchants et brillants du gros matou Victor dans une des fenêtres du rez-de-chaussée. «La maison des horreurs!» que je pense.

Pourtant, à la demande pressante de Fabien, nous finissons tous par aller rejoindre son frère sur la galerie... sur le bout des pieds et des coussinets.

– C'est vieux, mais ne vous en faites pas : c'est solide ! nous rassure notre hôte. Faut juste pas aller au deuxième étage ni dans la chambre du fond, au premier : il y a deux trous dans le plancher.

Ricardo, tout fier, nous informe qu'il a eu tout cela pour une bouchée de pain et qu'il est devenu le propriétaire de ce monument patrimonial après y avoir passé des vacances pendant trois années consécutives.

– Un ancien hôtel ? s'inquiète Marilou, toujours sur la galerie et les jambes aussi frémissantes que les miennes.

« On se croirait sur un bateau ! » Je sens les yeux de Victor braqués sur moi.

– Oui, répond l'heureux propriétaire, le plus vieil hôtel du coin. Je l'ai rénové à l'intérieur. J'y vais par étapes. J'en fais un peu chaque année...

Moi, Galoche, je me dis qu'à ce rythme-là, l'hôtel aura l'air d'un château... dans 200 ans !

– Euh... intervient Fabien, mal à l'aise, en désignant les maisons d'en face, c'est ça, ta vue sur la mer ?

– Ah oui, la mer... on la voit très bien de la petite lucarne, au deuxième. Écoute, tu vas l'entendre : elle est juste derrière ces deux rangées de maisons devant nous... Bon, poursuit Ricardo, qui cherche à changer de sujet, vous avez les yeux aussi pochés que ceux d'un hippopotame ! Vous avez besoin d'un bon matelas. Vite, entrez ! Demain... la mer ! La plage !

– Et du frisbee ! s'exclame ma Douce qui, elle, semble enchantée par le château de cartes de son oncle Ricardo.

« Le frisbee ! » que je ne peux m'empêcher de frémir, sur la galerie.

– Oh oui, Émilie! renchérit le frère de Fabien. La plage, ici, c'est le paradis du frisbee!

Moi, Galoche, j'ai des fourmis dans les pattes! Mais à voir Pierre-Luc et son air découragé, je dirais qu'il a plutôt du plomb dans son pantalon! Après chaque séance d'entraînement avec Émilie, il devient un véritable prunier à force de laisser les frisbees lui glisser entre les mains et le frapper sur tout le corps.

– Vous allez passer les plus belles vacances de votre vie! conclut notre hôte, en poussant presque l'ex-sous-ministre à l'intérieur. Bon, bon, je vous montre vos chambres et... DODO! Demain, la belle vie!

«Ah! si Ricardo avait pu laisser Victor à la maison, que je me dis, en trottinant derrière ma Douce, j'aurais pu passer des vacances de rêve, moi aussi!»

«Gros *plaignard*! semble me lancer le matou, que je viens d'apercevoir dans le corridor, au pied de l'escalier. Tu fais vraiment chien de ville! Gâté pourri!»

Sans même lui accorder la moindre petite attention, je cours vite rejoindre mon Émilie, au premier étage. Elle m'a devancé, comme d'habitude. «Mais où est-elle passée?»

Je fonce dans le noir et...

– AOOOUH!

Je tombe!

– Galoche, attention au... trou!

SPLACHHH!!!

«Quel trou, cette maison!» que je songe. Glou! Glou! Glou!

Me sortant la tête de l'eau, j'entends ma Douce hurler:

– Galoche est tombé dans le trou du plancher!

– Pas de panique! fait tout de go la voix puissante de Ricardo, depuis le rez-de-chaussée. J'ai mis mon bac à poissons en dessous des deux trous, au cas où! Je vais le chercher...

Eh oui, moi, Galoche, le plus chanceux des chiens sur terre, je ne suis pas mort, ni handicapé, ni dans le coma après cette chute. Me voilà bel et bien dans un grand bassin d'eau, entouré de mille et un poissons...

«W-ouf! Au moins, pas de requin!» que je m'encourage, en tenant la tête hors de l'eau.

«Non, pas de requin...me nargue soudain Victor, que j'aperçois, grimpé sur une tablette au mur. Mais je n'ai jamais vu un poisson aussi poilu que toi... UN VRAI MONSTRE MARIN!»

Moi, Galoche, je nage... dans le désespoir!

«Mes vacances sont mal parties en titi!»

Pourtant, le lendemain matin... «Ça y est! Mes vraies vacances sont parties, mon kiki!»

Tous poils dehors, je cours comme un fou sur le sable fin et dans les vagues depuis notre arrivée à la plage. Un vent de liberté m'habite, encore plus puissant que celui qui souffle quand je mets la tête hors du tacot de Fabien. «Ah! le soleil, la mer, le sable, l'air et le grand vent salin... Et pas de danger de frapper un taon! Ou encore de tomber sur Victor!»

Derrière moi, les Meloche sont heureux! Oui, oui! Depuis le matin, d'ailleurs. D'abord, le château ne s'est pas écroulé durant la nuit. Ensuite, nous nous sommes réveillés, comme par enchantement, sous des centaines de petits rayons de soleil dansant partout dans la maison. Ce qui a même fait dire à Marilou, au petit-déjeuner, dans l'immense cuisine où Ricardo nous a offert des crêpes aussi bonnes que celles de Fabien:

– On se croirait dans une verrière!

Bon, il y avait bien un peu d'ironie derrière ces paroles, mais si peu que j'en ai conclu que Marilou était de bonne humeur.

Bref, ce fut un départ canon pour les Meloche, tout autant que pour moi. En ce moment même, j'affronte les hautes et puissantes vagues, je bondis entre celles-ci avec une élégance et une audace à faire rêver tout baigneur humain.

– Attention, Galoche! hurle une voix, loin derrière moi. UN REQUIN!

L'avertissement me frappe de plein fouet alors que je suis dans les airs. Contorsion maximale du tronc et flexion arrière des quatre pattes, me voilà replongeant du museau comme un poisson volant. Je fonce vers la plage dont je m'étais peut-être un peu trop éloigné. J'essaie de me mettre hors de danger, la tête sortie de l'eau, quand je remarque quelques membres de la famille Meloche, sur le bord de plage, pris d'un fou rire: parmi eux, Sébastien saute de joie, tel un singe en liesse devant un régime de bananes.

« Misère à poil! » Je m'arrête *fret-net-sec*, honteux de m'être ainsi fait berner. La tête dégoulinante, les pattes enfoncées dans le sable, ma jolie fourrure s'agitant comme une vadrouille à la surface de la mer, je tente de me consoler. «Heureusement que Victor n'est pas là!...»

Soudain, Émilie et Pierre-Luc sautillent sur le sable, les baguettes en l'air, semblant vouloir m'adresser un message. «Trop tard pour me consoler...» que je me désole, en sentant derrière moi comme une immense brise froide, qui me glace les os. Je saisis aussitôt le message des tourtereaux. Mais...

FFFFFFLCHHHH!!! C'est reparti, mon kiki! Je suis englouti et emporté par une vague si monstrueuse que, l'instant d'après, je me retrouve à plat ventre et secoué comme une vadrouille, aux pieds de mes bons amis.

– Pauvre Galoche! fait mon Émilie. On a bien essayé de t'avertir...

– Jamais je n'aurais pensé voir une aussi grosse vague en Floride, de lancer

Monsieur-je-sais-tout. Ni un aussi gros... requin! Ha, ha, ha!

« Je n'ai peut-être pas des dents de requin, mais attends que je te morde une fesse, Sébastien! Tu vas sortir tes ailerons et déguerpir aussi vite qu'un requin... »

Un flot de colère et un gros vague à l'âme me submergent; je décide de m'allonger sur le sable, à l'écart, pour récupérer et, surtout, me raisonner. « Pas question de laisser mes petites frustrations venir gâcher cette journée de rêve à la plage: les Meloche ne se sont pas encore disputés, les parents semblent aussi heureux que les tourtereaux à les voir s'amuser dans la mer tels de petits enfants... » Mais, soudain...

FINIE, MA RÉCUPÉRATION!
FINIES, MES FRUSTRATIONS!
FINIE, LA RELAXATION!
JE VIENS DE VOIR ÉMILIE
SORTIR SON FRISBEE,
MISÈRE À POIL!

Je m'approche de la partie, en me dissimulant parmi les vacanciers.

– Donne-moi ça, ma belle! fait la grosse voix de Ricardo, à qui Émilie remet aussitôt le frisbee. Allez vous placer très loin! Votre «mon oncle» a déjà été champion du lancer du marteau!... RECULEZ! RECULEZ!

Toute la famille et Pierre-Luc reculent dans la zone sablonneuse où viennent mourir les vagues. Pour ma part, je joue l'alligator... et rampe presque sur la plage, en zigzaguant prudemment entre des dizaines de parasols, de chaises, de têtes, de jambes, de bras... de quoi faire rougir de honte même la panthère rose!

Je demeure juste un peu en retrait, près de l'oncle.

– UN !... DEUX !...

Mes yeux se braquent sur la main en mouvement de Ricardo et mon cœur explose en entendant...

– TROIS !

« C'EST PARTI, MON FRISBEE ! » que j'explose à mon tour. Je fonce droit devant. Je soulève le sable sur mon passage. J'en ai les yeux pleins. Je n'y vois presque plus. « Pas grave, Galoche ! Pousse à fond ! » que je m'encourage. Je remarque des bras qui bougent partout, des têtes qui déguerpissent, des jambes qui s'éloignent comme de grandes pattes d'autruche.

– Aïe ! Ma crème solaire !...

– Oh, le malade !

– Attention ! Mes *gougounes* !

Pas question de me laisser distraire! Je bondis et rebondis dans une mer de sable, de ballons, de châteaux, de pelles, de truelles, de milliers de *bébelles* et de quelques bébés...

– Ouiiiiin! Ouiiiiiiin!

Je ne suis plus qu'un oiseau de proie! Je garde le cap sur le frisbee.

– Ah, le *torpinouche*! Y a fait voler du sable dans ma bière!

Je n'entends plus rien, ou presque... que des grognements lointains.

– GRRRRRR!

Il n'y a plus rien au monde que le frisbee! Je ne vois que lui, je ne veux que lui, je vole comme lui! Lui, dans le ciel, et moi, Galoche, par-dessus chacun des Meloche...

ET LÀ... Loin derrière les *fafoins* de la famille Meloche, je me lance dans les airs et j'ouvre la gueule...

PLOC !

Je viens d'emprisonner le frisbee. BOUM !

J'atterris, très loin sur la plage, avec le disque volant aussi férocement coincé entre mes crocs qu'une souris dans la gueule de Victor.

«Wow ! Je me suis surpassé ! J'ai été sur-canin, foi de Galoche ! » que je me dis, en me remettant sur quatre pattes. Quel lanceur, ce Ricardo ! » Encore tout excité par mon exploit, je cours sur le bord de la mer, faire la tournée du vainqueur.

Soudain, je constate que je n'entends plus autre chose que les vagues. Plus aucun brouhaha venant de la plage ne parvient jusqu'à mes oreilles. Je me retourne alors vers les vacanciers... « MISÈRE À POIL ! »... J'aperçois quelques parasols par terre, des chaises sur le dos, des serviettes de plage entortillées, mille et une *bébelles* flottant au gré des vagues. On dirait qu'une tornade est passée!

Soudain, je frémis de peur: je vois, rassemblés sur la plage, des jambes, des bras et des visages qui ont subitement attrapé un coup de… colère. « On semble avoir formé un comité d'accueil… juste pour moi… le Tornado Dog! »

Je tente de rester optimiste et de garder mon sens de l'humour, tout aussi légendaire que mon flair. Cependant, je sens que la brise saline va bientôt se changer en… tempête tropicale!

« Au secours, on me torture! »

Il n'y a pas plus malin que les humains, c'est bien connu dans notre monde canin. Mais jamais plus terrible punition pour un chien n'avait encore été inventée par eux: là, sur la plage, les Meloche, de concert avec les vacanciers frustrés par ma performance, s'en donnent à cœur joie.

– Passe, Fabien! crie à tue-tête Ricardo. Arrête de manger le frisbee comme tu manges la *puck* au hockey! Lance-le à Marilou: elle joue bien mieux que toi!

Marilou regarde son beau-frère comme si une momie venait de lui apparaître. Le compliment de Ricardo lui fait même rosir les joues. Mais, pour moi, c'est la catastrophe! Attaché à un poteau par une courte et très solide corde, je ne cesse de m'arracher le cou à vouloir intervenir dans cette partie improvisée, sur la plage.

– Bien attrapé, Marilou!

BOUM!

– Aooouh!

Je viens de tomber à la renverse au bout de ma corde, pour la centième fois. ET SURTOUT... ne ris pas, toi qui me lis!

Je te l'ai dit : un frisbee en l'air et plus moyen de me contrôler les nerfs.

« Aou-ou-ou-ou-ouhhh ! Je vais devenir fou, pour de vrai ! »

Par bonheur, un événement inattendu vient mettre un terme à cette diabolique joute de… torture.

– Ton cellulaire !

– QUOI ? crie Pierre-Luc, qui n'entend pas bien Émilie. AÏE !

Il reçoit un autre frisbee en plein visage.

– J'ENTENDS SONNER TON CELLULAIRE DANS LE SAC DE PLAGE !

Très heureux de quitter le jeu, notre jeune voisin se précipite sur son sac. À peine un ou deux « AOOOUH !… » plus tard, je vois ce dernier courir vers l'incroyable, la surprenante, la nouvelle Marilou.

– Quoi? Ton père! Pour moi?

La joyeuse sous-ministre ressuscitée prend l'appareil et parle un moment, tandis que moi, Galoche, je m'entête à me tordre le cou, au bout de ma corde, toujours sous l'emprise épouvantable de ma folie du frisbee.

– FABIEN! FABIEN! FABIEN!

Sur la plage, Marilou se met brusquement à sauter, crier, taper des mains, telle une petite fille de quatre ans. «Pour l'arrêter, il faudrait l'attacher à mon poteau!» que je m'amuse à penser, un peu frustré, je l'avoue...

ET LÀ... après quelques paroles de la mère d'Émilie au reste de la famille, les Meloche au complet retombent en enfance, faisant une ronde folle sur la plage, complètement gagas. J'apprends alors, entre les mots qui circulent de l'un à l'autre, que Marilou s'est fait offrir un nouveau poste de sous-ministre.

– WAAAAF!

« Détachez-moi ! que je tempête en mon for intérieur. Je veux fêter ça, moi aussi… *joualvère !* » Mon bon ami Fabien vient aussitôt me libérer.

Eh oui, il faut parfois jouer à l'humain pour se sortir du pétrin !

Plusieurs heures plus tard, voilà que Marilou se prépare à partir.

Au cours de la journée, elle nous a raconté en détail son bref entretien avec Henri-Paul, le ministre du Transport et le père de Pierre-Luc, ce matin, sur la plage. Je t'en révèle une partie :

Henri-Paul : *Comme c'était toujours impossible de vous offrir un poste dans mon ministère, j'ai intercédé pour vous auprès de mon collègue et ami du ministère de la Santé et des Services sociaux… et il est d'accord. Mais il y a un petit hic…*

Marilou : *Lequel ?*

Henri-Paul : *Il voudrait vous rencontrer dans deux jours, même si je lui ai dit que vous étiez en Floride. Il pourrait vous glisser dans un concours dont les rendez-vous se terminent jeudi de cette semaine. Impossible de faire autrement !*

Marilou : *J'y serai !*

Nous sommes tous dehors, devant la galerie du vieil hôtel de Ricardo. Juste avant d'entrer dans la *barouette* familiale, Marilou s'adresse aux tourtereaux :

– Vous deux, encore un grand, grand, grand merci pour votre idée géniale d'avoir fait la vente de garage !

Imagine : le père de Pierre-Luc a expliqué à Marilou que son empathie, son humilité et son dévouement à l'égard de la communauté de notre quartier lors de la vente de garage l'avaient épaté. Et, comme Pierre-Luc lui avait fait part des angoisses de la mère d'Émilie qui ne parvenait pas à se trouver un nouveau poste de sous-ministre, il lui a donné un coup de pouce.

De quoi rendre fiers les tourtereaux !

– Moi aussi, je veux rester ! se plaint soudain Monsieur-je-sais-tout, déjà assis, seul sur la banquette arrière.

– Toi, tais-toi ! fait Fabien.

– Pourquoi Émilie reste, hein ? Et Pierre-Luc ? C'est pas juste !

– Écoute, Sébas, ta mère et moi devons rentrer tout de suite à la maison en auto. Le camion de Ricardo, pour votre retour, a tout juste de la place pour deux personnes, en plus du chauffeur, et nous avons dû faire un choix. Marilou et moi, on a pensé qu'Émilie et Pierre-Luc avaient été plus coopératifs que toi durant le voyage... Disons que le choix a été assez facile avec le nombre de farces plates que tu nous as faites.

– Puis Galoche, lui ? insiste Monsieur-je-sais-tout. La tornade, hein ?

– Ça... intervient Marilou en me regardant droit dans les yeux, c'est une affaire entre lui et moi.

– Waaaf! que j'acquiesce sur-le-champ.

W-ouf! Que je suis content de rester, misère à poil! Je ne me vois pas refaire tout le trajet en deux jours seulement, comme le feront Fabien et Marilou, seuls avec ce poison de Sébastien.

Quelques mots d'au revoir plus tard, et nous voyons s'éloigner de notre château le trio des Meloche, dans le tacot familial.

– Pourquoi ne pas aller vous amuser à la mer?... suggère alors, très gentiment, notre ami Ricardo. Je vais vous préparer un bon poisson tout frais sorti de ma réserve personnelle... Tu connais, Galoche?

Tous éclatent de rire, même Victor, qui échappe un ronron joyeux sur le bord de la galerie.

– Mais dans 30 minutes, je veux que vous soyez à table. Compris?

– Compris! lancent les tourtereaux en prenant le chemin de la mer, avec leur sac de plage, mon Émilie m'invitant à les suivre. Viens, mon beau!

Le museau et la queue hauts, je les suis en me disant: «Là, c'est vrai: les vacances commencent, mon kiki!»

Et en *booon* chien consciencieux, je songe: «Faut pas que j'oublie de jouer mon rôle de chaperon... comme me l'a ordonné la nouvelle sous-ministre de la Santé et des Services sociaux. C'est mieux pour ma santé!»

Dès que nous débouchons sur la plage, presque abandonnée à l'heure du souper, Émilie s'arrête et se penche pour me parler. «Oh, c'est sérieux!» que je me dis, en voyant son regard plonger dans le mien.

– Galoche, commence-t-elle, j'ai pas aimé du tout la punition qu'on t'a donnée, ce matin, en t'attachant au poteau. Moi, je peux comprendre ta folie du frisbee : je suis aussi folle que toi de ce sport ! Alors...

Ma Douce fait glisser la fermeture éclair de son sac de plage... bourré de frisbees.

« UNE BONNE DIZAINE, MISÈRE À POIL ! »

– Que dirais-tu d'un feu d'artifice de frisbees pendant qu'il n'y a pas de monde sur la plage ?

Moi, Galoche, je lévite... de bonheur. Déjà, je ne vois plus rien autour de moi. Mes yeux se fixent sur le premier frisbee que vient de prendre mon incroyable, ma surprenante et ma fidèle amie pour la vie. Ma Douce plie le bras.

– UN... DEUX...

Mon cœur est près d'exploser... mais le « trois » est devancé par une demande toute spéciale de ma rusée Émilie.

– Galoche, on joue pas le chaperon, comme Marilou te l'a demandé!... D'accord?

– ...

– On est d'accord?

Contre ma volonté – tu l'auras compris! –, je lance un «Wouf!» qui veut clairement dire «Oui».

– TRRRRRROIS!

«ET C'EST REPARTI, MON FRISBEE!»

YVON BROCHU

Quand j'étais jeune, moi, Yvon, je n'ai jamais vraiment joué au frisbee. Il faut dire qu'en ce temps-là (très lointain!) il n'y avait pas de vraies équipes de frisbee qui disputaient des matchs, comme j'en vois, maintenant, dans les parcs. Les filles et les gars sont vraiment alertes et ça semble enlevant de jouer à ce nouveau sport. Je crois que, si j'étais encore jeune, aujourd'hui, je m'inscrirais dans une équipe et je crierais «C'est parti, mon frisbee!» Un peu trop vieux, je vais me contenter d'initier au frisbee mes deux petits-enfants, Léonie (4 ans) et Charles-Olivier (2 ans). Et qui sait, dans quelques années, ils deviendront peut-être aussi bons que mon fidèle Galoche pour attraper un frisbee et j'irai les voir jouer des matchs au parc! Et si Galoche n'est pas trop taquin, je l'y emmènerai peut-être aussi...

DAVID LEMELIN

Tu croyais avoir tout vu avec notre ami Galoche ?
Tu croyais que j'avais tout dessiné ? Grave erreur.
Mais magnifique erreur. Notre chien n'a pas fini
de nous surprendre. Il est parfois tellement fou
que j'en viens à me dire qu'il doit étonner Yvon
lui-même...

Quoi de mieux, pour se faire plaisir, qu'un petit
voyage en famille ! C'est ce que te propose
Galoche, qui fera une excursion jusqu'en Floride.
Il t'en fera voir de toutes les couleurs. Je le sais...
j'ai fait les dessins !

Concours
Dixième roman
GALOCHE

Quelle est la race de Galoche?
Suggère un nom!

À gagner:

1er prix: la série complète des romans Galoche dédicacés par l'auteur

2e prix: une illustration en couleurs de Galoche dessinée spécialement pour toi par David Lemelin

Pour participer, va vite sur le site

www.galoche.ca

Date limite d'inscription: 30 avril 2011

Auteur : Yvon Brochu
Illustrateur : David Lemelin

Romans

1. Galoche chez les Meloche
2. Galoche en a plein les pattes
3. Galoche, une vraie année de chien
4. Galoche en état de choc
5. Galoche, le vent dans les oreilles
6. Galoche en grande vedette
7. Galoche, un chat dans la gorge
8. Galoche, sauve qui pique !
9. Galoche, haut les pattes !
10. Galoche, c'est parti, mon frisbee!

BD

1. Galoche supercaboche
2. Galoche supercaboche et le club
   des 100 000 poils
3. Galoche supercaboche et les Jeux olympiques

www.galoche.ca

Série Brad

Auteure : Johanne Mercier
Illustrateur : Christian Daigle

1. Le génie de la potiche
2. Le génie fait des vagues
3. Le génie perd la boule
4. Le génie fait la bamboula
5. L'affaire Poncho del Pancha

www.legeniebrad.ca

Recyclé
Contribue à l'utilisation responsable
des ressources forestières
www.fsc.org Cert no. SGS-COC-003153
© 1996 Forest Stewardship Council

Marquis imprimeur inc.

Québec, Canada
2010

Imprimé sur du papier Silva Enviro 100% postconsomma
traité sans chlore, accrédité Éco-Logo et fait à partir de bio